Klaus Axel Finken, Jahrgang 1967, ist seit über zwei Jahrzehnten bei einem Freiburger Busunternehmen tätig. Er plant und fährt Reisen ins In- und Ausland und ist auch im Linienverkehr rund um Freiburg im Breisgau im Auftrag für ein regionales Verkehrsunternehmen anzutreffen. Seine Arbeit als Reisebusfahrer versteht er nicht nur als Beruf, sondern als Berufung.

Klaus Axel Finken

Einsteigen, bitte!

Zu Risiken und Nebenwirkungen fragen
Sie Ihren Busfahrer und Reiseleiter

Bibliographische Information Der Deutschen Biliothek:
Die Deutsche Bibliothek verzeichnet diese Publikation in der
Deutschen Nationalbibliographie; detaillierte bibliographische
Daten sind im Internet über http://dnb.ddb.de abrufbar.

© 2011 Klaus Axel Finken
Herstellung und Verlag: Books on Demand GmbH, Norderstedt
Redaktion: Petra Koch
Satz, Layout und Covergestaltung: Michael Finken
Fotos: Klaus Axel Finken

Das Bild des Setra S9 wurde freundlicherweise von
der Evobus GmbH zur Verfügung gestellt.

ISBN: 978-3-8423-5106-6

Inhalt

Vorwort

Seit ich ein kleiner Junge war, bin ich vernarrt in Setra-Omnibusse. Ich liebe es, am Steuer zu sitzen, mit ihnen unterwegs zu sein in Deutschland und Europa und meine Fahrgäste dabei zu unterhalten. Als es im Mai 2006 im EU-Raum zur uneingeschränkten Pflicht wurde, auf allen Fahrten im Reisebus den Sicherheitsgurt anzulegen, begann ich meine Mitreisenden auf humorvolle Art darauf hinzuweisen. So sind ganz spontan die „Reime zum Anschnallen" entstanden, oft passend zum Thema der Reise. Meinen Fahrgästen gefiel dieses Reimen aus dem Stegreif sehr. Diejenigen, die viel mit mir unterwegs waren, fragten mich bei Reiseantritt nach neuen Versen, immer öfter verbunden mit dem Hinweis, ob ich sie nicht schriftlich festhalten könne. So ist die Idee zu dem vorliegenden Buch entstanden. Seit August 1989 fahre ich Reisebusse. Oft sind viele Stammkunden mit mir unterwegs. Ist man mit ihnen immer wieder über Tage zusammen, so lernt man ein wenig ihre Charaktere, ihre Eigenheiten, ihre Stärken und Schwächen kennen. Dadurch ergeben sich im Reisealltag hin und wieder Erlebnisse, an die man sich Jahre später noch gerne erinnert. Einige meiner Reisegäste weilen nicht mehr unter uns, doch sie hinterließen Spuren in meinem Gedächtnis und ich habe unter Anderem ihre Geschichten für Sie, lieber Leser, hier gerne nacherzählt.

Mein Dank geht an alle, die mich anspornten, meine Ideen zu Papier zu bringen. Dank auch an die freundlichen Helfer, die mir bei der Verwirklichung dieses Buches mit Rat und Tat beigestanden haben. Und nicht zuletzt danke ich der Firma Kässbohrer, hier insbesondere Herrn Heinrich Kässbohrer und Herrn Erwin Mittnacht, die mich Ende der Achtziger Jahre durch Einladungen ins Werk nach Ulm darin bestärkt haben, meinen Kindheitstraum vom Omnibusfahren weiter zu verfolgen.

In stillem Gedenken an Frau Ingeborg Fusaro, die mir den Anstoß gab, mit diesem Buch zu beginnen und die Vollendung leider nicht mehr erleben darf.

Der alte S9 oder Erste Liebe

Fragt man kleine Buben, was sie werden wollen, wenn sie erwachsen sind, so antworten sie mit Lokomotivführer, Feuerwehrmann, Polizist oder Astronaut. Wer mich im Alter von fünf Jahren fragte, erhielt die Antwort, „ich fahre mal Omnibus" und es war mir sehr ernst damit. Ich träumte davon, den blauweißen Bus zu fahren, der täglich auf dem Nachbargrundstück, dem alten Milchhof, abgestellt wurde. Der in den fünfziger Jahren gebaute Kässbohrer S9 mit Handschlagtüren, Henschelmaschine und Dachrandverglasung hatte viele Altersspuren, unzählige Rostflecken und Kratzer. Es war der gemeindeeigene Schulbus und wenn ich unten im Hof spielte und ihn von weitem kommen sah, stellte ich mich an den Zaun und schaute, wie der Bus vor den Milchhof fuhr, beobachtete, was der Fahrer tat und als er endlich ausgestiegen, den Bus abgeschlossen und sich entfernt hatte, schlich ich mich durchs Gartentor, lief hinüber, umrundete den Bus einmal und streichelte ihn dabei mit meiner kleinen Bubenhand. Der Dieselgeruch und die Wärme des Motors am Heck des Fahrzeugs faszinierten mich. Ich hatte mich vom ersten Augenblick an in den alten S9 verliebt. Stand ich dann vor ihm, schaute er mich so nett an mit seinen kugelrunden Scheinwerferaugen und seiner „Mütze", als wolle er sagen: „Na Junge, wie wäre es mit uns beiden" und ich träumte davon, mit diesem Omnibus rund um die Welt zu fahren. In meinen Kinderaugen war er wunderschön.

Ich feierte meinen sechsten Geburtstag, wurde eingeschult in die Grundschule, die ich zu Fuß von daheim aus in fünf Minuten erreichen konnte und war in den ersten Schultagen ziemlich unglücklich, hatte ich mir doch so gewünscht, jeden Tag mit „meinem" Bus zur Schule fahren zu können. Erst als ich erfuhr, dass einige Unterrichtsstunden in der Nachbargemeinde stattfinden würden, lebte ich wieder auf. Endlich durfte ich in den Bus einsteigen, den ich bisher nur von außen kannte. Was sah ich da alles: blaue verschlissene Kunstledersitze, Radkästen und kleine runde Lampen im Mittelgang. Oben an der Dachrandverglasung hatte der alte S9 blaugelb gestreifte kleine Vorhänge. Aus den ramponierten Gepäcknetzen über den Sitzen hingen Pullis, Trainingshosen und Fußballschuhe herunter. Wahrhaftig, für mich war der S9 in diesem Moment der schönste Bus, den ich je betreten hatte. Von der ersten bis zur dritten Klasse fuhr ich mit dem alten Schulbus. Dann, es war am letzten Schultag vor den Sommerferien, sagte uns der Busfahrer, dass wir ab Schuljahresbeginn im September in einem neuen Bus zum Unterricht fahren würden. Alle Schüler freuten sich, nur ich nicht. Für mich war das eine schlimme Nachricht. Wie konnte jemand „meinen" Bus gegen einen anderen austauschen? Ich war traurig. Zwei Wochen lang lief ich nach dem Aufwachen am Morgen zuerst an unser Wohnzimmerfenster, von dem aus man das Gelände des Milchhofes überschauen konnte und war unendlich erleichtert, wenn ich den blauweißen Omnibus noch dort stehen sah. Doch eines Tages war er fort.

Das Interesse für Omnibusse habe ich während meiner Schulzeit nie verloren. Als Jugendlicher kaufte ich mir Busmodelle im Maßstab 1:87 und baute sie um in Varianten, die es nicht als Setra-Modelle gab. Ich lackierte sie in den Farben eines regionalen Unternehmens. Auf der Heimfahrt nach der Schule unterhielt ich mich mit den Busfahrern, von denen einige im Laufe der Zeit zu

guten Freunden wurden. So erfuhr ich viel über den Arbeitsalltag eines Omnibusfahrers. Dem Abitur folgte eine Ausbildung zum Reiseverkehrskaufmann. Ich erwarb den Omnibusführerschein, bin seit zweiundzwanzig Jahren im selben Freiburger Unternehmen beschäftigt, plane und arbeite Reisen aus.

Mit meinen Reisegästen fahre ich zwar nicht um die Welt, aber quer durch Europa, von Süd nach Nord, von West nach Ost. Und jede Reise, die ich mache, ist für mich nicht nur Arbeit, sondern Herzenssache. Mit den mir anvertrauten Fahrgästen teile ich ein kleines Stück Lebensweg und so hat sich mein Kindheitstraum vom Fahren erfüllt.

Ich bin immer Setra gefahren in all den Jahren, vom S211HD in der Fahrschule über den legendären S215HD, den kleinen S309HD und den S315HDH. Momentan fahre ich den S411HD und S416GT-HD. Kurzum, ich bin ein Setra-Fan. Der alte S9 aber war meine erste Liebe und seine erste Liebe vergisst man nie.

Mein Fahrlehrer und die Nostalgie

Mein Fahrlehrer Günther war ein liebenswerter humorvoller Mensch, mit Leib und Seele Busfahrer. Es gab während der Ausbildung kaum eine Fahrstunde, in der nicht herzlich gelacht wurde. In den kleinen Kaffeepausen zwischen den Theoriestunden erzählte er uns, den „zukünftigen Omnibusfahrern", wie er uns nannte, Geschichten, die er in den vielen Jahren unterwegs erlebt hatte. Früher, meinte er, in den Fünfziger bis Siebziger Jahren war vieles schöner, unkomplizierter. Der Busfahrer war für seine mitreisenden Fahrgäste eine Art Held, eine Persönlichkeit. Das Fahren kostete Schweiß und war ein Knochenjob, lange Tage und kurze Nächte die Regel. Die Fahrzeuge besaßen noch keine Lenkhilfe, kein synchronisiertes Getriebe, keinen Retarder, keinen Tempomat, geschweige denn eine Klimaanlage oder Toilette wie heute. Der Omnibus durfte höchstens 80 km/h fahren. Viele Autobahnen waren noch nicht gebaut, was die Fahrzeiten verlängerte. Man fuhr noch über die Dörfer und mitten durch die Städte. Umgehungsstraßen waren noch nicht erdacht. Man sah hinter jeden Zaun, quälte sich auf schmalen Strassen die Pässe hinauf und hinab. Der Gotthardtunnel war noch Zukunftsmusik und wer mit dem Bus nach Italien reiste, nahm die alte kopfsteingepflasterte Gotthardstraße, bei der man in jeder Kurve etwas zurückfahren und neu ansetzen musste, damit man um die Ecke kam, ein nicht ungefährliches Unterfangen. So hatte das Busfahren noch etwas von einem Abenteuer an sich, auf das man sich einließ, sobald man einstieg und den Motor startete.

Anfang der Sechziger Jahre, als Chris Howland sein „Das hab ich in Paris gelernt" durch den Äther trällerte, und Bill Ramsey mit „Pigalle, Pigalle" die Hitparaden stürmte und bis weit in die Siebziger Jahre hinein waren Reisen nach Paris der absolute Hit.

Mein Fahrlehrer fuhr damals sehr gerne nach Paris. In Paris zu sein war für ihn wie ein Nachhausekommen, keine Straße, die er nicht kannte, kein Hotel, in dem er noch nicht logiert hatte. Die Avenue de Champs Elysees, Moulin Rouge, Eiffelturm, Montmartre, Notre Dame und Sacre Coeur, all das war damals der Inbegriff für eine Reise mit dem Omnibus. So war die erste Geschichte, die ich von ihm zu hören bekam, ein Erlebnis auf dem Weg nach Paris, das ich hier gerne nacherzähle:

Ein Beichtstuhl in Colmar

Die Fünftage-Reise nach Paris, im Hochsommer, war ausgebucht. Das bedeutete dreiundfünfzig Fahrgäste im Bus, keine Toilette, keine Klimaanlage. Die Fahrroute führte von Freiburg im Breisgau ins Elsass, dort über den Col de Bonhomme und die N4 über Nancy und St. Dizier in Richtung Paris.

Kaum in Frankreich, spürten die ersten Fahrgäste ein dringendes Bedürfnis. So entschloss sich der Omnibuschauffeur, ins nahe Colmar zu fahren, wo es beim Omnibusparkplatz in der Nähe des Unterlinden Museums Toilettenanlagen gab. Zwanzig Minuten Pause würde reichen, dann sollte es weiter gehen. Die Fahrgäste stiegen erleichtert wieder ein, lasst uns losfahren, Paris wartet auf uns. Der Fahrer zählte nach. Er sah, dass ein einziger Platz frei war, jemand fehlte noch, eine fünfundsiebzigjährige alte Dame. Er gab ein paar Minuten Wartezeit zu.

Aus den Minuten wurde eine Viertelstunde, niemand wusste, was die alte Dame außer dem Toilettengang noch vorgehabt haben könnte. Mantel, Hut, Handtasche, Reisetasche, alles war im Omnibus. Das Warten half nichts, sie kam nicht wieder. Voller Sorge ging der Busfahrer auf die Suche, lief alle umliegenden Straßen ab, in der Hoffnung, dass sich die Dame nur verlaufen hatte und er sie finden würde. Doch sie war einfach weg.

Man beriet sich im Bus was zu tun sei und begann sie gemeinsam zu suchen. Mittlerweile war knapp eine Stunde vergangen, die verbliebenen Fahrgäste waren unruhig geworden, manche machten sich Sorgen, andere waren erbost über die lange Wartezeit, hatten aber dennoch Verständnis, dass man nicht ohne den dreiundfünfzigsten Fahrgast nach Paris fahren könne. Nach anderthalb Stunden rief der Fahrer von einer nahen Telefonzelle die Gendarmerie an, doch dort war die Vermisste nicht aufgetaucht. Das nächstgelegene Krankenhaus wurde kontaktiert, niemand wurde eingeliefert, auf den auch nur annähernd die Beschreibung und das Alter gepasst hätte. Als fast zwei Stunden vergangen waren, entschloss sich der sorgengeplagte Omnibusfahrer, Richtung Paris weiterzufahren. Vorher rief er von einer Telefonzelle aus im Reiseunternehmen an und schilderte den Vorfall. Die alte Dame habe sich dort noch nicht gemeldet, wurde ihm mitgeteilt.

Also fuhren die verbliebenen zweiundfünfzig Fahrgäste weiter nach Paris, voller Sorge, was wohl passiert war. In Paris angekommen, bezog die Reisegruppe das Hotel, ging zum Abendessen. An der Hotelrezeption war eine Nachricht für den Busfahrer eingegangen:

„Bitte dringend in der Firma anrufen", stand auf einem Blatt Papier. Er ließ sich verbinden. Das Verschwinden der alten Dame hatte sich am Spätnachmittag aufgeklärt. Was war passiert?

Zuerst war die alte Dame, wie andere Fahrgäste auch, auf eine Toilette gegangen. Danach entdeckte sie die nahegelegene Kirche und um ihr Seelenheil bedacht, ging sie hinein. Sie nahm im Beichtstuhl Platz und wartete auf den Pfarrer, der ihr in aller Schnelle die Beichte abnehmen sollte.

Ein Geräusch ließ sie aufschrecken. Eine französisch sprechende junge Frau schaute in den Beichtstuhl hinein. Weil die alte Dame kein Wort verstand, fühlte sie sich gestört, stand auf und verließ Beichtstuhl und Kirche. Erschrocken stellte sie fest, dass sich seit ihrem Eintritt ins Gotteshaus der Sonnenstand stark geändert hatte, auch die Wärme, es mochten wohl 25 Grad im Schatten sein. Sie hatte Stunden im Beichtstuhl geschlafen, der Bus nach Paris war schon lange weitergefahren und mit ihm Handtasche, Geld, Hut und Jacke, all ihre Habseligkeiten. In einem leichten Sommerkleid und völlig abgebrannt stand sie in Colmar. Was sollte sie tun? Die alte Dame nahm den ganzen Mut ihrer fünfundsiebzig Jahre zusammen und fuhr zurück nach Freiburg—per Anhalter. Wie sie allerdings über die Grenze in Breisach nach Deutschland gekommen war, hat sie nie erzählt, denn Passkontrollen zwischen Frankreich und Deutschland waren damals noch üblich.

Diese Geschichte ist mir über all die Jahre im Gedächtnis geblieben. Ich denke gerne an meinen Fahrlehrer Günther zurück, der mir nicht nur das Fahren mit dem Omnibus beigebracht, sondern auch gezeigt hat, dass Freude, Spaß und eine gehörige Portion Humor den Berufsalltag eines Omnibusfahrers bereichern.

Grenzkontrolle

Es war im Sommer des Jahres 1993. Die politischen Veränderungen der Achtziger und beginnenden Neunziger Jahre waren überall spürbar und hatten Auswirkungen auf viele europäische Länder. Unsere erste Rundreise führte damals über St. Petersburg ins Baltikum sowie auf der Rückreise durch Polen nach Königsberg, eine russische Enklave, die kurz zuvor für ausländische Besucher geöffnet worden war. Wir befanden uns auf der Hinreise.

Die Grenzkontrollen waren damals sehr genau und gründlich. Als wir die finnisch-russische Grenzstation erreichten, musste jeder Fahrgast mit seinem gesamten Gepäck in eine dafür hergerichtete Baracke. Alles was jemand an Wertsachen, Geld oder Schmuck mitführte, wurde auf das genaueste untersucht und protokolliert.

Während meine Fahrgäste in der Baracke abgefertigt wurden, leitete man meinen Omnibus etwas entfernt auf eine Grube, weil er von unten gründlichst inspiziert werden sollte. Auch im Innenraum wurden alle zugänglichen Bereiche untersucht. Mit dieser Aufgabe hatte man mehrere schwer bewaffnete russische Soldaten betraut.

Der letzte zu kontrollierende Bereich des Busses war die Schlafkabine am Mitteleinstieg. Darin hatten wir in Körben die gesamten in Freiburg gekauften, ohne Kühlung haltbaren Lebensmittel für unsere Picknicks gelagert, eine Vierzehntage-Ration an Käse in Blöcken, großen Salamistangen, Vollkornbroten, Kaffee und Suppen und einiges mehr. Mit der Kontrolle dieser Schlafkabine wurde ein junger Soldat, der kaum älter war als ich, beauftragt. Die anderen Soldaten entfernten sich.

Die Uniform, die dieser junge Soldat trug, sah aus als wäre sie drei Nummern zu groß.

Die Gewehr hing schwer an seiner Schulter. Während er mir die Anweisung gab, die Klappe zur Schlafkabine zu öffnen, fiel mir seine ausgemergelte Gestalt auf, die großen Augen, die eingefallenen Wangenknochen, die mageren Arme, die langen dürren Finger. Er sah halbverhungert aus. Ich stellte alle Körbe neben den Omnibus, damit er den Inhalt genau untersuchen konnte.

Der junge Soldat war überwältigt von der Fülle an Köstlichkeiten in den Körben. Eine Träne lief ihm über die linke Wange. Er sah mich lange an und ein leises, kaum verständliches Wort kam über seine Lippen. Zuerst begriff ich nicht, welches Kommando er mir gegeben hatte. Dann wiederholte er dieses Wort in gebrochenem Deutsch und ich verstand es.

„Hunger".

Tief in meinem Inneren begriff ich sofort, dass dies kein Kommando für mich war, sondern eine an mein Herz gerichtete Bitte. Hunger zu haben war in diesen Jahren für russische Soldaten fast eine Normalität, bekamen sie doch wenig oder keinen Sold für ihre Arbeit. Und so wie dieser junge Soldat aussah, hatte er sich schon lange nicht mehr satt essen können. Ich stand ihm gegenüber und überlegte. Was sollte ich jetzt tun? Er weinte und wiederholte das Wort „Hunger."

Ich war verunsichert. Was würde geschehen, wenn die anderen Soldaten zurückkämen? Dann schlug ich meine Bedenken in den Wind, suchte eine leere Plastiktüre und packte hinein was ich ruhigen Gewissens entbehren konnte: einen ganzen Laib Brot, eine halbe Stange Salami, Käse und was mir gerade in die Finger kam. Ich gab ihm die gefüllte Tüte in die linke Hand. Er fing an zu zittern. Dann nahm er sein Gewehr von der Schulter und hielt es mir hin. Ohne nachzudenken nahm ich es an. Es fühlte sich unangenehm an, kalt und schwer. Der junge Soldat drehte mir den Rücken zu und rannte flink auf eine Baumgruppe zu. Dort versteckte er die Tüte mit den Lebensmitteln im Dickicht am Boden. Da stand ich nun, neben meinem Omnibus, an einer russischen Grenze, mit einem russischen Gewehr in der Hand. Wer weiß, was hätte passieren können, wären in diesem Moment andere Grenzsoldaten erschienen. Doch ich hatte Glück, es kam niemand. Der junge Soldat kam atemlos und mit wackligen Beinen zu mir zurückgelaufen. Noch immer weinend nahm er mich in den Arm und sagte mir unverständliche Worte in seiner Muttersprache. Diese Geste hat mich sehr bewegt. Der Soldat nahm seine Waffe aus meiner Hand und deutete mir an, dass die Untersuchung meines Omnibusses beendet war. Ich habe diesen jungen Soldaten niemals vergessen, und jetzt, während ich die Geschichte dieser Begegnung niederschreibe, würde ich gerne wissen, was aus ihm geworden ist. Doch das werde ich nie erfahren.

Kein Hunger

Fritz, mit seinen 84 Jahren der Älteste in der Reisegruppe, betrat an diesem Morgen als Letzter den Frühstücksraum in unserem Blankenburger Hotel. Er war ein großer hagerer Mann in einem abgetragenen braunen Anzug. Dazu trug er ein blaues Hemd mit offenem Kragen und Lederschuhe, die längst einmal hätten besohlt werden müssen. Seine spärlichen Haare wurden von einem viel zu großen grauen Hut bedeckt, den er tief in die Stirn gezogen hatte und in seinem rechten Mundwinkel klemmte sein Markenzeichen, ein kalter Zigarrenstummel. Fritz war ein wortkarger Mann, der selten mehr als drei Worte sprach. So nuschelte er auch jetzt nur einen kaum hörbaren Gutenmorgengruß und setzte sich an einen freien Platz am Tisch. Normalerweise schaute Fritz nach dem Platznehmen hocherhobenen Kopfes nach der Bedienung mit der Kaffeekanne, heute morgen jedoch hockte er einfach nur stumm da und starrte vor sich hin.

Ich sah das wohl, machte mir aber keine Gedanken deswegen. Ich dachte, vielleicht hat er schlecht geschlafen, ist mit dem linken Fuß aufstanden, oder gehört neuerdings zur Spezies der Morgenmuffel. Ich wollte mich noch auf meine Tagesfahrt nach Wernigerode vorbereiten, beeilte mich mit meinem Frühstück und verließ den Raum.

Am Spätnachmittag, nach Ende der Stadtführung, schlug

ich der Gruppe vor, gemeinsam ein Cafe aufzusuchen, in dem es die besten Kuchen und Torten der Stadt gab. Der Vorschlag wurde einstimmig angenommen, alle bestellten reichlich. Nur Fritz, ein echter Genießer, der mühelos zwei, ja drei Stück Torte verdrücken konnte, stand sichtlich unentschlossen und nervös vor der Kuchentheke und begutachtete mit großen hungrigen Augen das Angebot. Der Zigarrenstummel bewegte sich unablässig auf und ab.

„Haben Sie sich schon entschieden", fragte die junge Dame hinter der Theke, doch Fritz presste nur zwei Worte zwischen seinen Lippen hervor:

„Kein Hunger" und wandte sich ab.

Ich stand nicht weit von ihm entfernt. Fritz war schon oft mir gereist, deshalb kannte ich seine Gewohnheiten. Nanu, dachte ich, Fritz, der immer einer der ersten beim Büffet ist und Appetit für zwei mitbringt, Fritz, der heute früh aufs Frühstück verzichtet hat und anstatt mit uns Mittag zu essen lieber im Kurpark spazieren gegangen ist, der hat keinen Hunger? Da stimmt etwas nicht.

„Alles in Ordnung, Fritz", fragte ich.

„Ja", nuschelte er, „alles in Ordnung."

Dann verließ er das Cafe. Ich sah ihm nach. Er setzte sich, die Hände auf seinen Gehstock gestützt, auf eine Bank an der Straße. Ich hatte meine Kuchenwahl getroffen und setzte mich zu meinen Fahrgästen.

An diesem Abend erwartete uns nach der Rückkehr in unser Quartier ein Harzer Spezialitätenbuffet, ein Vortrag über Land und Leute, eine Diaschau und anschließend ein geselliges Beisammensein mit Musik und Tanz. Fritz war bei all dem nicht anwesend und ich fragte deshalb zwei meiner Reisegäste, die oft mit Fritz zusammen waren, warum Fritz nicht da sei. Sie meinten, dass er früh zu Bett gegangen sei.

Auf Reisen muss man als Omnibusfahrer und Reiseleiter an vieles denken, man muss organisieren, planen, Fahrstrecken ausarbeiten, sich um den Omnibus kümmern. Kurzum, die Zeit vergeht schnell, es gibt immer etwas zu tun. Weil es an diesem Abend sehr spät wurde und ich mich auf den morgigen Tag noch vorbereiten wollte, vergaß ich die Sache mit Fritz.

Am Morgen unseres dritten Reisetages betrat ich den Frühstücksraum. Meine Blicke schweiften wie üblich von Tisch zu Tisch. Hat vielleicht ein Fahrgast verschlafen? Nein, sie waren vollzählig anwesend, unterhielten sich angeregt bei Müsli, Quark, knusprigen Brötchen, feinstem Brot, köstlichem Obst und allem was ein Frühstücksbuffet zu bieten hat. Nur ein Teller sah unbenutzt aus und der davor saß, war Fritz, den unvermeidlichen Zigarrenstummel im Mund.

Kein Krümel deutete darauf hin, dass der alte Mann etwas gegessen hatte. Ich beobachtete ihn vom Nebentisch aus. Mit seinen Augen schien Fritz alles zu verzehren, was er an Essbarem um sich herum sah. Seine Blicke huschten von einem Teller zum anderen, doch er trank nur eine

Tasse Kaffee, wie immer schwarz und ohne Zucker. Nun machte ich mir ernsthaft Sorgen um unseren ältesten Reiseteilnehmer.

Fritz, der sich standhaft weigert, Nahrung zu sich zu nehmen, der auch nicht über seine Beweggründe spricht, das ist seltsam und untypisch für ihn, dachte ich. Zwar hatte er einen etwas eingefallenen Zug um die Mundwinkel, sah aber nicht krank aus. Es musste etwas vorgefallen sein und ich überlegte, was ich tun könnte.

Der rettende Einfall kam dann allerdings nicht von mir, sondern von einer anderen Reiseteilnehmerin. Nennen wir sie Ruth, eine Frau, die unseren Fritz schon Jahrzehnte kannte und unzählige Erholungsreisen in seiner Gesellschaft verbracht hatte. Ruth bat mich um ein Gespräch, denn auch sie war in Sorge um Fritz. Wir beschlossen beim heutigen Ausflug nach Quedlinburg Fritz zum Mittagessen einzuladen. Nicht zu irgend einem Mittagessen, nein, zu seinem absoluten Lieblingsgericht: Pfannkuchen mit Marmelade oder Apfelmus. Dem hatte Fritz noch nie widerstehen können.

Ich war schon oft mit anderen Gruppen in Quedlinburg gewesen und wusste, dass es in der Nähe des Busparkplatzes eine Creperie gab. Während die anderen Reisegäste ausstiegen, gingen Ruth und ich gemeinsam zu Fritz und luden ihn zum Mittagessen ein. Kommentarlos nahm er unser Angebot an und folgte uns. In der Creperie war die Luft erfüllt vom Duft frischer Pfannkuchen. Ruth und ich nahmen an einem Ecktisch Platz. Ruth bestellte, ich bestellte. Fritz bestellte nichts. Unschlüssig stand er herum, setzte sich schließlich an einen freien Tisch am Fenster und senkte seinen Kopf. Wir wechselten den Platz, setzten uns zu ihm und ich fragte ihn: „Fritz, wollen sie sich denn nicht einen Pfannkuchen bestellen? Sie schmecken herrlich hier." Fritz sah mich an, eine einzelne Träne sickerte aus seinem linken Auge über die Wange und wieder presste er nur zwei Worte zwischen seinen geschlossenen Lippen hervor: „Kein Hunger."

Ruth schaute mich an, ratlos und enttäuscht.

Wollte Fritz denn ausgerechnet auf dieser Reise den Hungertod sterben? Was war nur mit ihm los? Alle unsere Überredungsversuche scheiterten. Fritz hatte „keinen Hunger." Er bestellte nur eine kleine Flasche Mineralwasser. Eine Besichtigung des Blankenburger Schlosses am Nachmittag rundete unser Tagesprogramm ab und wir fuhren zurück ins Hotel. Beim Abendessen an einer langen Tafel setzte sich Ruth neben mich. Am Ende des langen Tisches weit entfernt, saß Fritz vor seinem leeren Teller.

Die Vorspeise wurde serviert, köstlicher Salat. Fritz lehnte ab. Ruth sah es und fragte mich leise, ob sie Fritz etwas fragen dürfe.

„Sicher", sagte ich zu ihr, „fragen Sie, was immer Sie wollen." Ruth legte ihr Besteck zur Seite, drehte sich in Richtung Fritz und rief laut über die gesamte Tafel:

„Fritz, hast Du vielleicht dein Gebiss verlegt?"
Schlagartig verstummte das vielfache Besteckklappern.
Vierundvierzig Augenpaare richteten sich auf Fritz. Er
schaute erschrocken auf, mit unbeweglicher Miene. Der
Zigarrenstummel zitterte. Sekunden später huschte ein
Lächeln über sein Gesicht, seine Lippen öffneten sich,
der Stumpen fiel herab. Zahnlos grinste er uns an und
nickte. Seine Erleichterung schien grenzenlos. Endlich
hatte jemand sein Problem erkannt. Ruth stand auf, ging
zu ihm, nahm seinen Zimmerschlüssel, der neben dem
leeren Teller lag und verließ den Raum. Eine Viertelstunde
später kam sie zurück und legte das in ein Taschentuch
gewickelte Gebiss vor Fritz auf den Tisch.
„Ich habe es unter deinem Bett gefunden" sagte sie zu
Fritz. „Warum hast du mir das nicht gleich am ersten Tag
gesagt. Das hätte dir viel erspart. Ich weiß doch, dass du
dich nicht mehr so gut bücken kannst."
Fritz erwiderte nichts. Stattdessen nahm er ganz unge-
niert seine Dritten, setzte sie ein, ließ sich die Vorspeise
bringen und holte an diesem Abend, was das Essen an-
geht, nach, was er drei Tage lang versäumt hatte. Als er
schließlich satt war, rief er voll Freude aus:
„Heute gebe ich eine Runde aus". Und das tat er dann
auch. Und sah so zufrieden aus wie selten zuvor.

Ich gebe eine Runde aus!

Mein Omnibus stand in Naumburg an der ungünstigsten Stelle, direkt hinter dem Dom. Es war 11.45 Uhr, Abfahrtszeit, und unser ältester Fahrgast Fritz fehlte.

Nach zwölf Uhr wird der kleine Parkplatz hinter dem Dom immer voll. Die Gassen dorthin sind schmal und wenn auch nur ein Fahrzeug falsch parkt, kommt man mit dem langen Reisebus nicht mehr durch zur Hauptstraße. Pünktlich wegfahren zu können ist deshalb sehr wichtig. Es war Hochsommer, die Hitze, obwohl wir im Schatten standen, schier unerträglich und ich durfte den Motor nicht starten, um die Klimaanlage laufen zu lassen. Voller Sorge beobachtete ich die Autos, die auf den Parkplatz fuhren. Wie lange konnten wir noch warten? Würde der säumige Fahrgast gleich um die Ecke kommen? Ich wartete fünf Minuten, er erschien nicht. Ich gab noch ein paar Minuten dazu. Was tun in einer solchen Situation? Ich beriet mich mit den anwesenden Fahrgästen, die sich mit Stadtführern, Prospekten und anderen geeigneten Gegenständen Luft zufächelten, um sich etwas Erleichterung zu verschaffen. Alle waren überzeugt, dass die Suche nach dem Vermissten richtig sein würde. Also lief ich los, über den Steinweg in Richtung Herrenstraße und Marktplatz. Diesen Weg wählen die meisten Besucher Naumburgs zum Dom. Fritz war nicht zu entdecken. Hastig lief ich Topfmarkt und Wenzelstraße ab, warf einen kurzen Blick in die Wenzelskirche. Auf dem Rückweg zum Omnibus schaute ich ergebnislos durch die Fenster in jedes Café, ging in jedes Restaurant hinein. Fehlanzeige. Ich lief alle Wege ab wie bei der Stadtführung am Vormittag. Mittlerweile war eine halbe Stunde vergangen. Ich schlug den Rückweg ein, hoffend, dass Fritz mittlerweile im Bus sitzen würde. Doch er war nicht da. „Ich mache noch einen ganz kurzen Rundgang", sagte ich der Reisegruppe. Kaum bog ich wieder in den Steinweg ein, kam Fritz mir entgegen, sehr gemächlich. Sein Gehstock klackte in regelmäßigen Abständen auf dem Pflaster. Der Stumpen, den er wie immer im Mundwinkel hatte, fiel zu Boden. „Was soll ich machen", sagte er, „ich habe mich verlaufen." Ich schaute auf die Uhr, sie zeigte 12.30 Uhr. Ich war erleichtert, ihn endlich gefunden zu haben.

Kurz bevor er die Stufen hochstieg in den Bus, bat er mich um das Mikrofon. Ich gab es ihm, denn ein Blick in die Runde verriet mir sehr ungehaltene, schweißbedeckte, hochrote Gesichter. Fritz nahm das Mikrofon und sprach langsam und deutlich:

„Bitte", sagte er, „entschuldigen sie die Verzögerung. Ich habe mich verlaufen."

Ein schelmisches Grinsen lag auf seinen Lippen. „Als ehemaliger Gastronom habe ich eine Idee, wie das wieder gutzumachen ist." Es wurde still im Bus, alle schauten

Fritz an, manche lächelten. In ihren Gesichtern konnte man lesen, was sie dachten: Bier, Wein, Schampus. Sie klatschten Beifall. Fritz wartete bis Ruhe eingekehrt war und sagte dann: „Aber nur eine Runde Mineralwasser, weil es so warm ist im Bus."

Wir händigten jedem Reisegast eine kühle Flasche Wasser aus, ich konnte endlich losfahren und hatte dabei großes Glück, denn kein Pkw stand im Weg. Unbehelligt erreichte ich die Hauptstraße und schlug den Weg ein nach Freyburg an der Unstrut.

Hanna und der Bernstein

Auf einer unserer beliebten Sommerreisen nach Polen lernte ich Hanna kennen, unsere polnische Reiseleiterin. Hanna war Mitte sechzig, blond, fast zwei Meter groß, eine Amazone mit tellergroßen Händen, breiten Hüften und dem Kreuz eines Gewichthebers. Als ehemalige Architektin hatte sie umfassende Kenntnisse der Industriekultur Polens und kamen wir bei unserer Rundreise an einem Industriegebiet vorbei, nahm sie das Mikrofon und zeigte auf Fabrikgebäude, die sie selbst geplant und gebaut hatte.

Hanna war eine gute Reiseleiterin. Sehr engagiert kümmerte sie sich um die Fahrgäste und organisierte immer wieder zusätzliche kleine Programmpunkte, sofern es der Zeitplan zuließ. Während der Fahrt nach Marienburg hatte sie im Bus eifrig telefoniert, Personenzahl und Ankunftszeit durchgegeben. Sie wollte die Gruppe, quasi als kleine Überraschung, in einen ganz besonderen Bernsteinladen führen.

Wie bei Reisen zuvor, stellte ich den Bus auf dem bewachten Parkplatz ab. Hanna ging mit der Reisegruppe voraus. Weil ich beabsichtigte, meiner Frau ein kleines Schmuckstück aus Bernstein zu kaufen, sie liebt Bernstein sehr, wollte ich dabei sein und schloss schnell den Bus ab. Die Gruppe war schon geschätzte zweihundert Meter voraus. Ich beeilte mich also, um sie zu erreichen, sah noch wie sie rechts um die Ecke bog und rannte. Ich kam vor dem Laden an als das letzte Mitglied der Reisegruppe sich gerade durch den Ladeneingang zwängte.

Geschafft, dachte ich, sprang die zwei Steinstufen vor dem Eingang hinauf und prallte, als ich das Geschäft betreten wollte, mit voller Wucht gegen die hünenhafte Hanna, die mich überrascht anschaute, vielleicht weil sie meine Ankunft so schnell nicht erwartet hatte. Breit wie ein Felsen stand sie im Türrahmen, mit vor der Brust verschränkten Armen und wich keinen Millimeter zur Seite. „Du gehst hier nicht rein", sagte sie bestimmend. Dabei packte sie mich fest am rechten Handgelenk und zog mich fort. „Ich möchte etwas einkaufen", protestierte ich. „Busfahrer gehen dort nicht hinein", schnaufte sie. „Busfahrer gehen woanders hin. Schau, da vorne ist ein anderes Bernsteingeschäft, dorthin gehen wir jetzt." Tatsächlich, knapp hundert Meter entfernt gab es noch einen kleinen, eher unscheinbaren Laden. Hanna drängte mich hinein, blieb aber an der Türe stehen. Ich nahm mir Zeit mich umzusehen und entschied mich für einen kleinen tropfenförmigen Anhänger mit Kette. Als ich zahlen wollte, kam Hanna herbei und handelte einen guten Preis für mich aus, worüber ich mich sehr freute. Danach verließen wir das Geschäft und beschlossen, in ein Café zu gehen. Auf dem Weg dahin fragte ich: „Hanna, sag mir, warum wolltest du nicht, dass ich mit der Gruppe in das Bernsteingeschäft gehe?" Sie sah mich nachdenklich an, begann zu lachen und antwortete: „Schau mal, bei uns ist das so: Reisegruppe geht in Bernsteingeschäft mit billigen Imitaten, dort bekomme ich viel Provision. Busfahrer geht in Bernsteingeschäft, wo es echte Ware gibt."

Aha.

Dies war die letzte Reise mit Hanna, der polnischen Reiseleiterin.

Der Duft der Erinnerung

Die alte Dame ist klein und sehr zierlich. Sie trägt ein altmodisches graukariertes Kostüm, eine weiße Bluse mit Schluppe, schwarze flache Schuhe und einen kleinen kecken roten Hut auf dem schlohweißen Schopf. Ihr Koffer, den sie mit einem Seufzer vor mir abstellt, ist ein altertümliches braunes Pappding mit metallbeschlagenen Ecken, an dem die Zeit unzählige Spuren hinterlassen hat. Zwischen all den modernen Trolleys und den edlen Samsonites, die ich gleich im Kofferraum meines Reisebusses verstauen werde, wirkt er wie ein Fossil aus der Urzeit.

Es ist das erstemal, dass die alte Dame eine Reise mit unserem Unternehmen gebucht hat. „Mein Name ist Amelie Rosenstab", lächelt sie mir zu, bückt sich, prüft noch einmal die Kofferschlösser, vergewissert sich, dass sie sich nicht unbeabsichtigt öffnen können, nickt zufrieden und klettert dann die Stufen hoch in den Bus.

Unsere Fünftagereise führt uns durch Thüringen. In Erfurt machen wir um die Mittagszeit Station, um den Dom anzuschauen. Wo Menschenmassen sind, wie auf dem Domberg, sind oft auch Langfinger unterwegs. Deshalb sage ich scherzend zu den Damen der Reisegruppe: „Passt bitte auf Euere Handtaschen auf." Ich ernte allgemeine Zustimmung und die Gruppe steigt aus.

Zum vereinbarten Zeitpunkt sind alle wieder da und

ich frage: „Na, hat jeder seine Handtasche noch und seinen Geldbeutel, ich leihe gerne meinen aus, wenn's nicht so ist." Alle lachen. Die Damen schauen in ihre Handtaschen. „Alles da", sagt eine.

„Na gut", antworte ich, „dann fahren wir jetzt weiter." Das tun wir auch.

An unserem Standorthotel in Eschwege erledige ich die üblichen Eincheckformalitäten, regle die Zimmerverteilung und lade die Koffer aus. Eine Stunde später wollen wir uns im Restaurant zum Abendessen treffen.

Es dauert keine zwanzig Minuten, da läutet auf meinem Zimmer das Telefon. Die Rezeption ist dran und bittet, ich möge doch auf 314 bei der Frau Rosenstab vorbeischauen, es sei wichtig.

Ich fahre mit dem Aufzug eine Etage tiefer, klopfe an Zimmer 314. Amelie Rosenstab öffnet mir. „Hallo", sage ich, „was ist denn so wichtig, Frau Rosenstab?" Der alte Koffer liegt auf dem Bett, ungeöffnet.

„Ach bitte, bitte", sagt sie, „helfen Sie mir den Koffer zu öffnen, ich kann das nicht alleine."

„Ist er abgeschlossen", frage ich.

„Ja", sagt sie.

„Wo ist denn der Schlüssel?"

„In meinem Portmonee".

„Und wo ist das Portmonee?" Ich ahne Schlimmes.

„Gestohlen, in Erfurt." Ach du meine Güte, denke ich und überlege.

Es gibt keine andere Möglichkeit, als den Koffer aufzu-
reißen, um an den Inhalt zu kommen. Eine Leichtigkeit
ist das bei dem alten Ding. Sie steht neben mir mit hän-
genden Schultern und verschränkten Händen.

Also sage ich: „wir können den Koffer einfach aufmachen,
das ist nicht schwer, allerdings ist er dann wohl kaputt
und Sie müssen sich nach der Heimreise einen neuen
kaufen. Ich habe unten im Bus noch einen Koffergurt,
damit können Sie ihn bis dahin zusammenhalten." Ich
habe die Worte noch nicht ganz ausgesprochen und mache Anstalten, meinen Vorschlag in die Tat umzusetzen,
da drückt sie meinen rechten Arm zur Seite.

„Nein, nein", sagt sie laut, „das dürfen Sie nicht. Das
bringt Unglück."

Ich schaue sie an. Ihre Augen sind nass. „Gut", sage ich,
„vielleicht hilft uns mein Schweizer Taschenmesser. So
ein Taschenmesser ist für vieles nützlich."

Ich fasse in die Tasche meines Sakkos, hole es heraus und
wir probieren mit den verschiedenen Werkzeugen die
Schlösser zu knacken, aber der alte Koffer leistet soviel
Widerstand, dass ich schließlich genervt sage: „Reißen
wir ihn auf."

„Nein", sagt sie, „nein." Ihre Stimme klingt verzweifelt.
Sie weint jetzt. Ich schaue auf die Uhr. Siebzehn Minuten
noch bis zum Treffen im Restaurant. Dann nehme ich sie
am Arm und lenke sie in Richtung des Sessels am Fenster.

„Setzen sie sich, Frau Rosenstab", sage ich, „warum ist

dieser alte Koffer denn so wichtig für Sie, dass ich ihn nicht aufreißen darf. Sie brauchen doch ihre Sachen."

„Weil es Unglück bringt, ihn kaputtzumachen", antwortet sie.

„Erzählen sie", bitte ich sie.

Sie wischt sich mit dem Handrücken eine Träne von der Backe. „Wissen Sie, dieser Koffer", erzählt sie, „gehörte meinem Eugen, Gott hab ihn selig. Auf allen Reisen, die wir miteinander gemacht haben, war er dabei, und es waren nicht wenige."

„Was hat es mit dem Unglückbringen auf sich", frage ich nach.

„Wissen sie", erzählt sie dann, „es war im Januar 1948, drei Jahre nach Kriegsende. Ich war gerade neunzehn Jahre alt, da verließ ich mit dem Zug das zerbombte Hamburg, um bei Freunden meiner Eltern im Badischen unterzuschlüpfen. Sie hatten einen Bauernhof und genug zu essen und hatten mich eingeladen, denn der Winter 1947/48 war streng und kalt. In Hamburg gab es kaum etwas zu essen, nichts zu heizen und viele Leute verhungerten und erfroren in den Ruinen. Aus der Stadt herauszukommen war da ein Segen. Nun, ich saß im Zugabteil, es war eiskalt, ich trug nur einen dünnen Sommermantel und ich fror erbärmlich. Man konnte nicht hinaussehen, weil die Fenster dick mit Eisblumen übersät waren. Wir waren zu viert im Abteil, ein alter Mann, der schlief und eine Frau, die kein Wort redete.

Mir gegenüber saß ein junger Mann, ein bisschen älter als ich. Er hatte den braunen Koffer zwischen den Knien und ließ ihn nicht aus den Augen. Ich konnte meine Beine nicht richtig ausstrecken, deswegen sagte ich irgendwann, „warum legen Sie den Koffer nicht ins Gepäcknetz, neben meinem Rucksack ist noch Platz." Er lächelte mich an und flüsterte, indem er sich zu mir herüberbeugte:

„Ich muss ein Auge auf ihn haben. Das ist nämlich ein Glückskoffer."

„Ein Glückskoffer? Das gibt's doch gar nicht", sagte ich zu ihm.

„Doch, doch", sagte er. Das gibt es wirklich. Soll ich es ihnen beweisen."

„Beweisen Sie es", antwortete ich.

„In Ordnung", sagte er lächelnd, beugte sich vor, ließ die beiden Schlösser aufschnappen und zog einen langen blauweißen Schal daraus hervor. Seine rechte Hand fuhr tiefer hinein und brachte eine zerbeulte Blechbüchse ans Licht.

„Sehen Sie, dass das ein Glückskoffer ist", fragte er mich und strahlte über das ganze Gesicht, während er mir den Schal reichte. „Nehmen Sie ihn, Sie frieren ja so."

Ich konnte nicht nein sagen. Ich wickelte mir den Schal um den Hals und über die Ohren und kuschelte mich hinein, während er die Blechdose öffnete und zwei Margarinestullen daraus hervorzauberte. Er reichte mir eine davon. „Essen Sie. Sie sehen ziemlich verhungert aus."

Er hatte ja so recht.

So lernte ich meinen Eugen kennen. Als er aussteigen musste, in Hannover, gab ich ihm die Adresse der Bauernfamilie, zu der ich reisen wollte. Wir sahen uns wieder, verliebten uns und heirateten im Mai 1950.

Eugen war Bauleiter und viel unterwegs in der Nachkriegszeit. Immer war dieser Koffer dabei. „Amelie", sagte Eugen mehr als einmal zu mir, „so lange dieser Koffer intakt ist, werden wir Glück haben und es kann uns nichts passieren." Und es ist uns auch gutgegangen im Leben.

„Wissen Sie", seufzt Amelie Rosenstab, und sieht mir in die Augen, „damals im Zug, als ich Eugen das erstemal traf, waren all seine Habseligkeiten in diesem Koffer. Er hatte durch den Krieg alles verloren, seine Familie, sein Zuhause, seine Freunde. Es war der Schal seiner Mutter, den er mir geschenkt hatte, damit ich mich vor der Kälte schützen konnte.

„Verstehen Sie jetzt, warum der Koffer ganz bleiben muss?"

„Ja", sage ich, „ich verstehe es." Sie ist seltsam erleichtert. Ich verabschiede mich. „Bis gleich unten im Restaurant", sage ich, „kommen sie rechtzeitig zum Abendessen."

Das ist jetzt sieben Jahre her.

Amelie Rosenstabs Koffer blieb die nächsten fünf Tage

zu. Es war Mitte Juli und es war sehr heiß. Amelie Rosenstab trug ihr graukariertes Kostüm und ihre weiße Schluppenbluse mit den langen Ärmeln und je mehr Tage vergingen, desto mehr umgab sie der Duft der Erinnerung.

Ab und zu fragte ich sie, wenn sie am Einstieg an mir vorbei ging leise: „Soll ich...?" Aber sie lächelte nur und schüttelte unmerklich den Kopf.

So gingen die fünf Tage vorüber und auch die täglichen dreißig Grad im Schatten und beim Aussteigen daheim, sagte sie einfach nur „Danke."

Jetzt könnte die Geschichte zu Ende sein, aber sie ist es nicht. Vier Wochen später traf ich Amelie Rosenstab wieder, zu einer Reise nach Flandern. Auch der alte Koffer war wieder dabei.

„Nanu, Frau Rosenstab", sagte ich, „Koffer diesmal unverschlossen?"

„Nein", sagte sie, „stellen sie sich vor, ich habe noch einen Schlüssel dafür gefunden in Eugens altem Schreibtisch."

„Aber diesmal ist der Kofferschlüssel nicht im Geldbeutel, oder?"

„Nein", lächelte sie verschmitzt. Sie nestelte am Blusenkragen und zog ein Kettchen hervor.

„Diesmal habe ich den Schlüssel an die Kette gelegt, es kann nichts schief gehen."

„In Ordnung", sagte ich, „dann mal los und viel Glück."

Die Kunst des Schneiderns

In den Neunziger Jahren fuhren wir viel nach Skandinavien. Das Nordkap lag als Reiseziel voll im Trend und die Nachfrage war enorm, konnten wir doch aufgrund der damals noch akzeptablen Hotelpreise günstige Reisen anbieten.

Bei jeder dieser Reisen, zumeist über zehn Tage, waren zwei Fahrer an Bord. Die Tagesfahrstrecken den Landweg hinauf und wieder herunter durch endlose Wälder waren lang und eintönig. So manches Mal mussten wir Zwangspausen einlegen, weil sich ein Rudel Rentiere auf dem Asphalt niedergelegt hatte und sich auch durch unser aufdringliches Hupen nicht zum Weitergehen bewegen ließ. Und anders als in Deutschland, fand man unterwegs zur Mittagszeit selten ein Restaurant.

Es war daher bei uns üblich, in der freien Natur die Mittagspause einzulegen und den Fahrgästen ein Picknick anzubieten. Tische und Bänke führten wir im Kofferraum mit uns, belegte Brote oder kleine Suppenterrinen stammten aus der Bordküche.

Eine dieser Reisen blieb mir immer im Gedächtnis. Altbekannte Fahrgäste waren dabei, eine recht lustige Gruppe. Nach der Fährüberfahrt von Stockholm nach Turku ging es jeden Tag weiter in Richtung Norden. Allabendlich übernachteten wir in einem anderen Hotel. Die Tage waren ausgefüllt mit kleinen Besichtigungen und Stadtrundfahrten. Ansonsten galt es, viele Kilometer Straße zu bewältigen bis zum nächsten Etappenziel. Zur Mittagsrast packten die Fahrgäste mit an. Innerhalb weniger Minuten standen die Tische, die Frauen richteten das Brot, die Männer schnitten die Wurst, ich machte die Suppen heiß, der Kollege kochte Kaffee, es war ein sehr angenehmes Miteinander.

Nach vier Tagen, wir hatten Oulu am Morgen verlassen, da fiel mir auf, dass ein mitreisendes älteres Ehepaar, die Müllers, nie an unserem Mittagessen teilnahm. Kaum hatten wir an einer landschaftlich reizvollen Stelle angehalten und begonnen alles Nötige auszupacken, sonderten sich die beiden ab, schlugen sich in die Büsche und kamen kurz vor der vereinbarten Abfahrtszeit wieder. Zu Beginn dieser Nordkap-Reise hatten sich alle für ein tägliches Picknick entschieden, auch die Müllers. Doch kann man niemanden dazu zwingen, deshalb machte ich mir keine Gedanken, wenn sie sich entfernten, sobald die Tische aufgestellt wurden. Sie haben sich halt anders entschieden, dachte ich.

Wir logierten gerade in einem Hotel in Rovaniemi am Polarkreis, als ein Mitreisender mich auf das seltsame Verhalten der Müllers aufmerksam machte und mein Kollege und ich begannen sie zu beobachten.

Beide Müllers waren im Ruhestand. Herr Müller war ein pensionierter Buchhalter, Frau Müller gelernte Damenschneiderin. Ihr gut gehendes Schneidergeschäft hatten sie vor fünf Jahren verkauft, um ungehindert Reisen zu können. An diesem Morgen in Rovaniemi saßen die Müllers allein an einem Fenstertisch im Frühstücksraum des Hotels und nach dem zu urteilen, was sie sich vom Büffet geholt hatten, mussten sie ungeheuer hungrig sein. Brot und Wurst, Eier und andere Köstlichkeiten türmten sich auf vier Tellern.

Frau Müller war eine schlanke, weißhaarige, stets sehr adrett gekleidete Person. Die Seidenblusen, die sie während der Reise trug, waren selbstgeschneidert und von unnachahmlicher Eleganz. Am auffälligsten war der schulterbetonte, eng taillierte Schnitt und die damit im Kontrast stehenden sehr weiten Ärmel mit eng anliegenden Manschetten. Das Hemd das Herr Müller trug, war auch keine Stangenware. Passend zur Bluse von Frau Müller waren seine Hemdsärmel vom Ellbogen abwärts viel weiter geschnitten als üblich.

Ein Blick auf die übervollen Teller der Müllers sagte mir, dass an dem mittäglichen Verschwinden der Eheleute nichts mysteriöses sein konnte, denn war der morgendliche Appetit so grandios, konnte man getrost auf das Picknick verzichten. Der Fall schien erledigt.

Am nächsten Morgen, in einem Hotel in Saariselkä saßen mein Kollege und ich zufällig am Nebentisch mit freiem Blick zu Müllers und wir begriffen, wo die Berge von Nahrungsmitteln, die die Müllers auf diversen Tellern zum Tisch holten, innerhalb kürzester Zeit verblieben. Es war erstaunlich: Das Ehepaar frühstückte nicht, sondern schmierte hastig Brot um Brot, belegte es mit Wurst und Käse, wickelte alles in Papierservietten und dann verschwanden die Brote in Sekundenschnelle vom Tisch, wie von Zauberhand. Nein, nicht in einer Tasche, besser noch. Die Nähkünste der Frau Müller waren sichtlich unübertroffen. Denn die weiten Ärmel von Bluse und Hemd hatte sie mit einer zweiten Stofflage besonders verstärkt und jeweils am Unterarm, in der Naht zwischen Manschette und Ellbogen einen Reißverschluss angebracht. In geöffnetem Zustand bot der Ärmel viel Platz für die eingepackten Brote, für Eier, Äpfel und Bananen. Müllers füllten also die „Transportärmel", schlossen die Reißverschlüsse und verließen eilig mit angewinkelten Armen den Frühstücksraum. Das sah urkomisch aus, weil das Gewicht des Verborgenen den Stoff nach unten zog. An diesem Tag tolerierten wir das Verhalten. Am nächsten Morgen in Inari jedoch baten mein Kollege und ich die beiden um eine kurze Unterredung – vor dem Frühstück. „Es ist in keinem Hotel in Europa erwünscht, sich die gesamte Tagesration vom Frühstücksbuffet zu holen und in Skandinavien ist es sogar verboten", sagte ich den beiden, „Sie können sich gegen Bezahlung Lunchpakete richten lassen." Sie zeigten sich äußerst uneinsichtig und verließen erbost den Frühstücksraum.

Auf der Rückreise vom Nordkap auf dem Landweg durch Norwegen, Finnland und Schweden beteiligten sie sich dann doch noch am gemeinsamen Picknick und die Blusen und Hemden mit den überweit geschneiderten Ärmeln beließen sie einsichtig in ihren Koffern.

Ist Ihre Minibar noch in Ordnung?

Am zweiten Tag einer Studienreise nach Brüssel, nach Stadtrundfahrt und Stadtführung, fuhr ich allein zurück ins Hotel und ging in mein Hotelzimmer auf der achten Etage. Es war ein sehr heißer Tag Mitte August, im Zimmer stand die Luft. Die Klimaanlage schien defekt zu sein. Ich öffnete das Fenster, genoss die Aussicht über Brüssel und fasste den Gedanken, den freien Nachmittag für ein Schläfchen zu nutzen. Ich legte mich aufs Bett und schlief schnell ein.

Ein Geräusch weckte mich und ich schaute mich schlaftrunken um.

„Ist mit Ihrer Minibar alles in Ordnung", fragte eine weibliche Stimme. Eine junge Hotelangestellte stand vor meinem Bett. Sie schien von meiner Anwesenheit überrascht zu sein und errötete.

„Alles noch da", antwortete ich, worauf sie sich umdrehte und fluchtartig das Zimmer verließ. Ich drehte mich zur Seite und schlief wieder ein.

Am nächsten Morgen trank ich im Frühstücksraum meinen Kaffee. Da bat mich eine langjährige Mitreisende um ein kurzes Gespräch.

„Aus meinem Kulturbeutel im Badezimmer sind das Parfüm, mein neuer Lippenstift und eine sündhaft teuere Antifaltencreme verschwunden", erzählte sie mir. Ich bat sie, nochmals zu kontrollieren, bzw. darüber nachzudenken, ob die vermissten Sachen nicht vielleicht zuhause geblieben waren. Noch während ich mit ihr sprach, kam ein zweiter Fahrgast an meinen Tisch und teilte mir mit, dass auch ihm etwas fehlen würde. Auch einem dritten Reisegast waren verschiedene Gegenstände abhanden gekommen und ich schloss daraus, dass jemand sich an fremden Eigentum vergriffen haben musste.

Alle vier gingen wir zur Rezeption und ich bat um ein vertrauliches Gespräch mit der Geschäftsleitung. Der Geschäftsführer des Hauses, ein Deutscher aus Stuttgart, begrüßte uns freundlich und bat uns in sein Büro. Die Sachlage war schnell dargelegt und er versprach, sichtlich betroffen, sich schnell um den Vorfall zu kümmern.

Auf dem Weg vom Büro der Geschäftsleitung zurück in den Frühstücksraum fiel mir die Begegnung mit der jungen Hotelangestellten vom Vortag ein. Also kehrte ich zur Rezeption zurück, fragte, wer für die Bestückung der Minibar zuständig sei und erhielt die Auskunft, dass dies üblicherweise bei der Reinigung der Zimmer am Vormittag geschieht, die immer von zwei Personen erledigt wird.

Ich bat um ein weiteres Gespräch mit dem Geschäftsführer. Ich erzählte ihm von der überraschenden Begegnung mit der jungen Frau am Nachmittag in meinem Zimmer und beschrieb sie genau, worauf der Geschäftsführer nachdenklich die Stirn runzelte und aus dem Büro ging. Wenige Minuten später kam er zurück, ein Foto in der

Hand, das er mir zeigte.

„Ja", sagte ich zu ihm, „das war die Frau, ohne Zweifel." Nach meiner Rückkehr von unserem Tagesausflug nahm mich ein freudestrahlender Geschäftsführer in Empfang und führte mich in sein Büro. Er gratulierte mir, sagte allerdings nicht wozu. Ich setzte mich auf den Stuhl vor seinem Schreibtisch und er legte einen Umschlag vor mich, den ich gleich öffnen sollte. Inhalt: Ein Gutschein für ein Wochenende zu zweit im Hotel, mit Halbpension und Nutzung des Wellnessbereiches. Diese wohlwollende Geste überraschte mich, und ich fragte, wofür ich diesen Gutschein denn erhalten solle. Der Geschäftsführer erzählte mir, dass die junge Dame, die in meinem Zimmer nach der Minibar gefragt hatte, nur für den Frühstücksservice bis elf Uhr vormittags eingestellt war. Weil ich sie am Nachmittag angetroffen hatte, in einem Zimmer auf der achten Etage, rief er die Polizei. Die stellte fest, dass die junge Frau vor Monaten einen Generalschlüssel des Hotels gestohlen hatte und sich regelmäßig am Tag vor ihrem Urlaub in den Räumen jener Gäste bediente, die außer Haus waren. Durch meine Aufmerksamkeit wurde eine lange andauernde Diebstahlserie aufgeklärt und in der Wohnung der jungen Dame kistenweise Diebesgut sicher gestellt. Seit diesem Vorfall in Brüssel vor fünfzehn Jahren wurde ich nie wieder nach dem Zustand meiner Minibar gefragt.

Scharf geschossen!

Eine Freiburger Kirchengemeinde fuhr das erste Mal mit mir als Chauffeur nach Thüringen. Alle Fahrgäste waren mir fremd. Die Fahrt nach Gotha verlief völlig problemlos. Wir checkten in unserem Hotel ein und trafen uns eine Stunde später zum gemeinsamen Abendessen im reservierten Restaurant. Fünf große runde Tische standen im Raum, eingedeckt für jeweils acht Personen. Der Pfarrer, der gleichzeitig der Reiseleiter der Gruppe war, setzte sich neben mich. Die Getränke und die Suppe wurden serviert, danach der Hauptgang: Schweinebraten, Soße, Kaisergemüse und kleine Frühkartoffeln. Es wurde ruhig an den Tischen, alle begannen zu essen. Auch ich ließ es mir schmecken. Das Fleisch war vorzüglich, die Soße sehr lecker. Davon wollte ich keinen Tropfen auf meinem Teller zurücklassen und begann eine Kartoffel nach der anderen mit der Gabel in der Soße zu zerdrücken. Die letzte Kartoffel aber widerstand all meinen Bemühungen. Sie wollte sich nicht zerquetschen lassen, sie war fest, sehr fest. Doch ich ließ mich nicht entmutigen. Ich wollte mein Vorhaben durchsetzen, mit aller Kraft. Und dabei passierte es! Die verflixte, widerspenstige kleine Kartoffel sprang angetrieben durch die Kraft, mit der ich drückte, zwischen den zwei Gästen hindurch, die mir direkt gegenüber saßen. Sie flog weiter zum nächsten Tisch und traf ein volles Weinglas.

Das Glas zerbrach und kippte. Der Weißwein ergoss sich auf das Kleid einer älteren Dame. Mit einer minimalen Richtungsänderung schoss die Kartoffel auf den dritten Tisch zu, sauste durch die Soße auf einem Teller und verteilte die braune Flüssigkeit auf die Speisenden. Erst der bodenlange Vorhang am Fenster stoppte sie. Sie fiel herunter und kullerte in die Ecke. Der ganze Vorgang dauerte wenige Sekunden. Neununddreißig Augenpaare verfolgten die Spur der Verwüstung bis an ihren Ausgangspunkt zurück, meinen Teller.

In diesem Moment wünschte ich, ich wäre eine Maus und könnte in einem Loch verschwinden. Alle starrten mich an, mir war auf einmal sehr heiß und ich fühlte mich unwohl. Man hätte eine Stecknadel fallen hören können, so still war es im Saal. Im Gegensatz zu sieben anderen Personen hatte ich nämlich keinen einzigen Tropfen abbekommen. Was hatte ich da nur angestellt? Mit hochrotem Gesicht saß ich da. Ich wusste nicht, wie ich reagieren sollte. Der Pfarrer rettete mich. Er erhob sich, sah mich an und sagte „Das fängt ja schon gut an mit Ihnen." Sein Tonfall war dabei so humorvoll, dass alle herzlich zu lachen anfingen. Auch er lachte bis er Tränen in den Augen hatte.

„Scharf geschossen", sagte er. Nun musste auch ich lachen. Ich entschuldigte mich für mein peinliches Manöver.

„Ach was", meinten die betroffenen Fahrgäste beschwichtigend, „es ist ja nicht viel passiert."

Seitdem fährt die Kirchengemeinde jedes Jahr mit mir auf Bildungsreise. Der Pfarrer ist mittlerweile nicht mehr dabei, doch bis zu seinem Ausscheiden hat er, wenn wir in gemütlicher Runde zusammensaßen, die Geschichte immer aufs neue erzählt, mit einem Schmunzeln auf den Lippen.

Eine seltsame Inszenierung

Wie in den Jahren zuvor hatten wir für Anfang Februar eine zweiwöchige Erholungsreise auf Rügen an der Ostsee ausgeschrieben und logierten wieder in einem Hotel mit eigener Therme an der Küste. Viele Reisegäste aus den Vorjahren hatten erneut gebucht, auch einige neue Kunden waren dabei. An manchen Tagen bot ich Ausflüge an, andere waren zur freien Verfügung. Doch beim Abendessen im Restaurant trafen wir uns täglich wieder und immer nahmen wir dieselben Plätze ein. Ich saß mit Gästen zusammen, die bereits das fünfte Mal dabei waren. So kannten wir uns recht gut und die Tischgespräche innerhalb unserer kleinen Gruppe waren immer lustig und interessant.

Am Abend des dritten Reisetages, wir hatten gerade unsere Getränke bestellt, da trat Frau Mayer, eine neue Kundin, zu mir an den Tisch und bat mich um eine Unterredung. Es sei sehr wichtig. Aufgeregt erzählte mir die Dame, dass ihr gesamter wertvoller Schmuck aus dem Hotelzimmer verschwunden sei, Ringe, Ketten und Armreifen. Nicht ein einziges Stück sei ihr geblieben. Diebe hätten in ihrer Abwesenheit das Zimmer durchsucht und den Schmuck entwendet. „Ein übles Hotel mit diebischem Personal", entfuhr es ihr. Alle Mitreisenden unserer Gruppe schenkten ihr sofort Aufmerksamkeit, denn sie sprach recht laut. In diesem Moment dachte wohl jeder an die eigenen

Wertsachen im Zimmer.

„Bitte gehen Sie mit mir zur Rezeption", bat ich Frau Mayer. In einer solchen Situation ist höchste Eile geboten. Der Dieb könnte sich ja noch im Hotel befinden, womöglich würden just in diesem Moment schon andere Zimmer ausgeraubt, vielleicht hatten die Diebe es auch auf meinen Omnibus abgesehen?

An der Rezeption angelangt, schilderte Frau Mayer der diensthabenden Managerin die Sachlage. Man beschloss, zuerst das Hotelzimmer noch einmal gründlich zu durchsuchen. Die Hausdame wurde gerufen. Mit zwei Zimmerfrauen wurde Frau Mayers Hotelzimmer abgesucht. Die Schmuckstücke wurden nicht gefunden. Damit war klar, dass die örtliche Polizei eingeschaltet werden müsse. Denn allein schon der Verdacht eines Diebstahls würde eine Rufschädigung für das renommierte Hotel nach sich ziehen. Frau Mayer bat, erst am nächsten Morgen die Polizei zu informieren und ging zurück ins Restaurant. Nach einer kurzen Unterredung mit der Managerin kehrte auch ich zum Abendessen ins Restaurant zurück und staunte. Frau Mayer saß auf meinem Platz.

Grinsend schaute sie kurz zu mir hoch und senkte dann ihren Blick. Wortlos nahm ich mein Glas vom Tisch und ging zu den neuen Kunden, wo vor einer halben Stunde noch Frau Mayer gesessen hatte. Die drei Damen freuten sich aufrichtig, dass sie nun mit dem Chauffeur zu

Abend essen durften und erzählten, dass Frau Mayer in den vergangenen Tagen kein einziges Wort mit ihnen gesprochen hätte.

Am nächsten Morgen, es war der vierte Reisetag, ging ich zum Frühstücksraum, hoffend, dass ich mich zu meiner alten Gruppe setzen könnte. Doch Frau Mayer saß schon da, wieder auf meinem alten bzw. „ihrem" neuen Platz. Still und ratlos schauten mich die mir vertrauten Reisegäste an.

An diesem Tag unternahmen wir einen Ausflug auf die Insel Hiddensee. Mit dem Omnibus ging es nach Schaprode, mit dem Schiff nach Kloster. Erst am frühen Abend kehrten wir zum Hotel zurück. Nachdem ich den Omnibus auf den Parkplatz gebracht hatte, ging ich zur Rezeption, um mich nach dem Stand der Ermittlungen zu erkundigen. Dort wurde ich darüber informiert, dass Frau Mayer vor der Abfahrt am Morgen darum gebeten hatte, die Polizei noch nicht zu rufen, mit dem Argument, dass der gestohlene Schmuck ja wieder auftauchen könne. Frau Mayers Verhalten war mir unverständlich, immerhin sollte nach ihren Aussagen der Goldschmuck mehrere tausend Euro wert sein. Da liegt es doch im Interesse eines Bestohlenen, umgehend Anzeige bei der Polizei zu erstatten, damit der Dieb gefasst wird oder zumindest die Versicherung den Schaden ersetzt, was sie ohne Anzeige ablehnt.

Im Restaurant durfte ich zur Kenntnis nehmen, dass Frau

Mayer wiederum bei meiner kleinen Gruppe am Tisch saß. Wortlos, sie beteiligte sich wie am Abend zuvor, an keinem Gespräch. Nach dem Abendessen fand in der Bar des Hauses ein Musik- und Tanzabend statt, der allen sehr viel Freude bereitete, nur einer Person nicht. Frau Mayer saß an der Theke und schaute sich mit finsterer Miene das bunte Treiben der Hotelgäste an.

Der fünfte Tag war ein Ruhetag. Alle Reisegäste konnten eigenen Interessen nachgehen. Ich machte eine lange Wanderung von Binz nach Göhren und fuhr von dort mit dem „Rasenden Roland", einer Schmalspurbahn, wieder nach Binz zurück. Es war am späten Nachmittag als ich ins Hotel zurückkehrte. In meinem Zimmer fand ich eine Nachricht vor mit der Bitte, umgehend an der Rezeption vorzusprechen. Aha, der Dieb ist wohl gefasst worden, dachte ich mir. Endlich würde Klarheit über den Verbleib des Schmuckes eintreten. Schnell eilte ich an die Rezeption, um mich nach dem Sachstand zu erkundigen. Dort fragte man mich, warum Frau Mayer immer noch darauf bestehen würde keine Polizei zu informieren. Schließlich wäre das gesamte Hotelpersonal in Alarmbereitschaft, ein Diebstahl diesen Ausmaßes wäre nicht auf die leichte Schulter zu nehmen.

Mit einem schlechten Gefühl im Bauch betrat ich das Restaurant. Ich dachte, mich tritt ein Pferd. An meinem ehemaligen Tisch saß eine strahlende Frau Mayer. Sie lachte, schien glücklich und zufrieden und unterhielt sich angeregt mit den anderen Gästen der Reisegruppe. Eine goldene Kette hing um ihren Hals, wunderschöne Ringe zierten ihre Finger, ein paar goldene Ohrringe rundeten das Bild ab. Ich ging zu ihr und fragte Frau Mayer, wie sich denn der Verbleib des Schmuckes aufgeklärt habe. Sie lachte mich an. Mit großen braunen Augen sah sie auf zu mir.

„Ach, der Schmuck ist doch schon lange wieder da", sagte sie überschwänglich, „machen Sie sich keine Sorgen mehr".

Ich wollte unbedingt wissen, wo der Schmuck denn gewesen war, es interessierte mich brennend. Doch Frau Mayer lachte. Lachte sie mich etwa aus? Jedenfalls beachtete sie mich nicht mehr und meine Frage lief ins Leere. Schockiert verließ ich das Restaurant und bat um eine Unterredung mit der diensthabenden Managerin. Ich erzählte ihr von der Szene im Restaurant und wir beschlossen, Frau Mayer gemeinsam zur Rede zu stellen. Als ob sie es geahnt hätte, kam Frau Mayer aus dem Restaurant gelaufen als wir es gerade betreten wollten. Sie lachte nicht mehr, sondern fragte mich in zänkischem Tonfall, was ich denn jetzt unternehmen wolle, nachdem sich alles aufgeklärt habe.

„Aufgeklärt?", fragte ich entsetzt. Aufgeklärt war in diesem Fall gar nichts.

„Uns interessiert der Verbleib des Schmuckes in den zurückliegenden Tagen", sagte ich. Mit zusammengekniffenen Augen sah Frau Mayer mich an. Wenn Blicke töten könnten, ich wäre sofort zu Staub zerfallen.

„Der Schmuck war doch nie weg", zischte sie mich an, „wie hätte ich denn ohne diesen Schwindel sonst auf ihren Platz bei der Gruppe kommen können?" Die Hotelmanagerin schaute mich an. Ich schaute die Managerin an. Wir hatten beide den gleichen Gedanken.

„Ein solches Verhalten", sagte ich, „ist nicht hinnehmbar, weder für unsere Reisegruppe noch für das Hotel."

„Ich reise morgen früh ab", keifte sie, „denn in so einem Hotel mit so einer Reisegruppe kann ich keinen Tag länger bleiben". Ohne weitere Worte drehte sie sich um und ging zum Aufzug.

Ich kehrte ins Restaurant zurück und setzte mich auf meinen alten Platz. Das Abendessen war heute nur Nebensache, ich dachte ständig an Frau Mayer und ihre Absichten. Sie hätte mich doch fragen können, ob ich mit ihr den Platz tauschen würde. Aber so eine Lügengeschichte erfinden? Sonderbar.

Eine halbe Stunde später erschien Frau Mayer reisefertig in der Lobby. Ich hatte nicht geglaubt, dass sie abreisen würde. Jetzt stand sie vor mir mit rotem Kopf und voll Zorn. Sie brachte keinen Ton mehr über die Lippen. Bevor ich sie fragen konnte, wo um des Himmels Willen sie um diese späte Uhrzeit noch hingehen wolle, nahm sie Koffer und Handtasche und verschwand durch die Drehtüre in der kalten Februarnacht.

Der blinde Passagier

„Ist das Ihre Katze", fragt mich ein älterer Herr, der täglich mit uns zur Arbeit fährt.

„Welche Katze", antworte ich.

„Na, die auf der hinteren Sitzbank." Dort ist sein Stammplatz.

Es ist halb fünf Uhr früh, ich fahre die Morgenlinie und denke, hat sie es heute also doch geschafft. An der nächsten Haltestelle gehe ich nach hinten um nachzusehen. Tatsächlich, da liegt sie, Katinka, meine hübsche rothaarige Katzenfreundin: Sie schläft seelenruhig. Seit Tagen hat sie versucht auf dem Betriebshof in den Bus zu klettern und wenn ihr das gelungen war, habe ich sie wieder hinausgetragen. Heute muss sie eingestiegen sein als ich noch kurz im Büro war und der Bus vor der Halle stand.

Ich gehe wieder nach vorn und fahre weiter. Hoffentlich kommt sie nicht auf die Idee, irgendwo unterwegs auszusteigen, denke ich ein bisschen besorgt, aber das tut sie nicht. An der Endhaltestelle schaue ich noch einmal nach ihr und streichle sie leicht. Sie scheint es zu merken, macht aber ihre Augen nicht auf.

Später sehe ich im Spiegel, dass sie aufgewacht ist. Sie sitzt jetzt auf dem mittleren Sitz der Rückbank, fühlt sich unbeobachtet und putzt sich ausgiebig. Katinka fühlt sich wohl sehr sicher. An einer der Haltestellen gehe ich zu ihr.

„Hallo Katinka", flüstere ich ihr zu und kraule sie hinter den Ohren. „Hast du mich heute überlistet?"

„Mau", antwortet sie und schaut mich mit ihren großen grünen Augen an.

Nach einer Weile, wir fahren gerade durch ein Freiburger Industriegebiet, kommt sie den Gang entlang nach vorn und macht es sich auf dem Kühlschrank gemütlich.

Was geht in ihr vor? Denkt sie vielleicht, jetzt wo mein großer Freund mich entdeckt hat, kann ich ihm ja helfen? Jedenfalls begrüßt sie die einsteigenden Pendler mit einem langgezogenen Mau, als wolle sie sagen: Hallo, ich ersetze heute den Kontrolleur, zeigen sie mir doch bitte ihren Fahrausweis. Die Fahrgäste amüsieren sich, Katinka macht das aber auch wirklich katzenhaft gut, fast wie ein Profi. Das morgenmüde Schweigen im Bus hat damit ein Ende. Man kommt ins Gespräch, über Katzen und andere Dinge. Katinka fährt die ganze Morgenlinie mit bis acht Uhr. Sie benimmt sich wie eine Dame. Sie macht kein Pipi, was ich während der ganzen Zeit heimlich befürchte und als wir wieder in den Betriebshof einfahren, springt sie vom Kühlschrank herunter und schaut mich an, als wolle sie fragen, hab ich das gut gemacht? Und kann ich morgen wieder mitfahren?

„Morgen", sage ich, „bleibst du zuhause Katinka. Du darfst nicht mehr mitfahren, du hast keinen Fahrschein." Sie scheint zu verstehen was ich sage, lässt sich hochheben und aus dem Bus tragen. „Geh nach Hause Katinka", sage ich zu ihr, „dort gibt's was feines zu fressen. Du warst ja jetzt lange unterwegs."

„Mau", antwortet sie, in einem singenden Tonfall. Auf Wiedersehen heißt das wohl auf kätzisch. Dann trollt sie sich und ich sehe sie den ganzen Tag nicht wieder.

Der Schein trügt

Ich fuhr mit meinem Setra an die Tankstelle in Binz auf der Insel Rügen. Der Dieselpreis ist wieder um einige Cent gesunken, dachte ich, da will ich schnell noch tanken. Mitten in der Einfahrt stand ein knallroter neuer Mercedes mit tollen Alufelgen, R350CDI stand auf dem Heck. Geduldig blieb ich hinter dem Falschparker stehen, schaltete den Blinker ein und wartete. Im unteren Bereich der Heckscheibe des Mercedes sah ich diverse Aufkleber von Urlaubszielen: Obergurgel/Tirol, Bayerischer Wald, Stettin, Budapest, Usedom, fast jede Himmelsrichtung war vertreten. Fünf Minuten vergingen, da kam aus dem Kassengebäude der Tankstelle ein etwa sechzig Jahre alter Mann in sehr schicker sportlicher cremefarbener Lederkleidung. Gemütlich schlenderte er in Richtung des roten Mercedes, er schien der Besitzer des schicken Wagens zu sein. Statt umgehend einzusteigen, blieb er davor stehen, zog ein goldenes Etui aus der Innentasche seiner Lederjacke, klappte es auf und steckte sich eine Zigarette in den Mundwinkel. Obwohl er meinen wartenden Omnibus nicht übersehen konnte, auch einen kurzen Blick zu mir hochwarf, schlenderte er weiter und nicht einmal das Hupkonzert hinter mir konnte den Mann zur Eile antreiben. Irgendwann begriff er dann wohl, das das Hupen ihm galt. Er kehrte um, begann den Autoschlüssel zu suchen, kramte langsam und bedächtig in jeder Tasche, ob Hose oder Jacke und fand ihn nicht. Schließlich schien ihm einzufallen, dass der Schlüssel ja im Fahrzeug stecken könnte. Ohne Hast stieg er in den Wagen ein. Am Rauch, der aus dem Fahrerfenster aufstieg konnte man erkennen, dass er seine Zigarette angezündet hatte. Im Zeitlupentempo bewegte sich der rote Mercedes vorwärts und endlich konnte ich zur Tankstelle hineinfahren. Hinter mir hörte ich Geschimpfe, in dem Sinne, dass Omnibusfahrer immer die Einfahrten blockieren und sich überhaupt nicht um die PKW-Fahrer scheren. Ich dachte, verflixt, es trifft den Falschen und erledigte meine Arbeit ohne auf die Schelte einzugehen. Nach dem Tanken eilte ich zur Kasse, weil hinter mir ein weiterer Omnibus an die Zapfsäulen wollte. Die Kassiererin unterhielt sich leise mit ihrem Kollegen. Anscheinend hatte der letzte Kunde ziemlich Ärger gemacht. Mir zwinkerte sie freundlich zu, denn seit Jahren tanke ich auf Rügen an dieser Tankstelle und so kennt man sich eben, zumindest vom Gesicht her. Anschließend fuhr ich zum Hotelparkplatz, stellte den Bus für den nächsten Tag hergerichtet ab und ging zurück zum Hotel. Es war Mitte Februar und kalt, minus zehn Grad. Ein eisiger Ostwind blies mir um die Nase und ich freute mich auf eine Stunde in der Therme des Hotels, um mich aufzuwärmen. Ich konnte mir Zeit lassen, bis zum Abendessen waren es noch zwei Stunden. Also blieb ich eine Weile im Sole Schwebebecken, machte drei Saunagänge und verließ danach fröhlich und ausgeglichen den im Haupthaus liegenden Thermalbereich des Hotels, um zu meinem Zimmer in der Residenz vier zu laufen. Ich hatte mir den Bademantel angezogen und weil es mir draußen zu kalt war, wählte ich dafür den trockenen und windgeschützten Weg durch die Tiefgarage. Da sah ich den roten Mercedes von der Tankstelle wieder. Der Fahrer hatte ihn absichtlich quer gestellt, so dass er zwei Parkplätze einnahm. Ich amüsierte mich darüber. Anscheinend war es mit den Fahrkünsten des sportlichen Zeitgenossen nicht weit her.

Nach dem Ankleiden ging ich zurück zum Restaurant, um die Gäste meiner Reisegruppe zu begrüßen. Ein herrliches Buffet war angerichtet, es duftete bereits köstlich. Wir nahmen Platz und das Abendessen begann. Das Restaurant füllte sich. Es war noch Ferienzeit und das Hotel komplett ausgebucht.

Als Omnibuschauffeur muss man seine Ohren überall haben. In den Gesprächen der Fahrgäste untereinander kann man oft Sorgen und Nöte frühzeitig erkennen. Manchmal trauen sich die Reisegäste auch nicht, Probleme offen anzusprechen. Also höre ich bei Tischgesprächen in der näheren Umgebung schon mal unauffällig hin. Am Tisch hinter mir schien sich eine Diskussion anzubahnen. Hausgäste schienen mit der Bedienung im Restaurant ein Problem zu haben. Ich hatte Mühe, dem Gespräch hinter meinem Rücken zu folgen, denn der Beschwerdeführer sprach einen ziemlich unsauberen sächsischen Dialekt. Eigentlich ging mich das Gespräch ja nichts an, doch als der Satz fiel „Wir sind aus der ehemaligen DDR und haben nicht so viel Geld", musste ich schmunzeln, denn immerhin sind seit der Wende einundzwanzig Jahre vergangen. Dieser Ausspruch mag anfangs berechtigt gewesen sein, aber doch heute nicht mehr, nach so langer Zeit. Die Bedienung holte einen Kollegen und weiter ging es mit der Auseinandersetzung: „Wir haben den Urlaub geschenkt bekommen, und wir dachten es wäre „all inklusive", denn wir haben ja kein Geld, um uns so einen Urlaub leisten zu können."

Das ist interessant, dachte ich. Ich war neugierig und überlegte, wie ich es anstellen könnte, unbemerkt einen Blick auf die jammernden Leute zu werfen. Nach einer Weile erhob ich mich, um mir ein Dessert vom Nachtischbüffet zu holen, wandte mich um und da sah ich sie: Ein älterer Mann, eine ältere Frau, wohl ein Ehepaar. Auf ihrem Tisch standen zwei leere Rotweinflaschen, eine Flasche Mineralwasser und ein leeres Bierglas. Beide Personen waren sehr ärmlich angezogen. Die Frau trug eine alte weiße Bluse und darüber eine blaue verwaschene Kittelschürze, wie Arbeiterinnen sie tragen. Der Mann war in einen alten dunkelbraunen etwas steifen Anzug gekleidet, eindeutig DDR-Ware. Ja, dachte ich im Vorübergehen, die beiden haben es wirklich nicht geschafft, arme Leute. Sie taten sie mir leid.

Mit Obst, Vanilleeis und einem Cremetörtchen auf dem Teller ging ich zurück zu meinem Platz. Das Streitgespräch um die Bezahlung war noch immer im Gange. Genau in dem Moment, als ich auf Tischhöhe der Debattierenden war, rutschte mir der Eislöffel vom Teller und fiel auf den Boden. Er rutschte dem älteren Mann direkt vor die ausgetretenen braunen Schuhe. Ich wollte mich bücken, aber die Bedienung machte einen Schritt zur Seite, ihr Kollege stand mir im Weg. Ich hatte keine Chance, den Löffel aufzuheben. Das tat stattdessen der Mann im dunkelbraunen Anzug. Er reichte mir den Löffel und sah mich dabei an. Dieses Gesicht, dachte ich, habe ich schon gesehen, doch wo? Die rote Handtasche einer Mitreisenden geriet in mein Sichtfeld und da wusste ich es: Es war das Gesicht des Mannes, der mit seinem Fahrzeug die Tankstelleneinfahrt blockiert hatte, des Mannes mit dem goldenen Zigarettenetui, dessen nagelneuer roter Mercedes gerade quer auf zwei Plätzen in der Tiefgarage parkte. Welch eine Dreistigkeit, dachte ich mir, spielt mit seiner Frau den Ärmsten der Armen, die Ausrüstung im Koffer für den inszenierten Auftritt im Restaurant. Hat angeblich keinen Cent in der Tasche, aber einen großen Mercedes in der Tiefgarage. Das ist frech und unmoralisch.

„Einen Augenblick", bat ich die Bedienung, „ich möchte dem Herrn etwas sagen." Sie nickte.

„Ich glaube in der Tiefgarage ist jemand an ihren schicken

neuen Mercedes gefahren, ich habe vorhin eine große Schramme am Kotflügel gesehen."

Noch während ich sprach und ihm dabei mit meinen Augen zuzwinkerte, erkannte der Mann in mir den Omnibusfahrer von der Tankstelle. Sein Gesicht lief dunkelrot an. Auch der Hals seiner Gattin zeigte auf einmal hektische Flecken bis unters Kinn. Sie waren ertappt worden. Wortlos zog der Mann eine Geldbörse aus echtem Büffelleder aus der Innentasche seines schäbigen Anzugs und legte einen passenden Geldschein auf den Tisch. Die Servicekraft sah ihren Kollegen fragend an. Die beiden Angestellten konnten sich den plötzlichen Sinneswandel nicht erklären. Sie wussten ja nicht, dass der dreiste Schnorrer und ich heute zufällig aufeinandergetroffen waren.

„Komm, wir gehen", sagte der Mann verärgert zu seiner Frau, „in diesem Hotel können wir nicht länger bleiben."

Mit diesen Worten standen sie auf und verließen eilig das Restaurant.

Der Nachtisch schmeckte mir ausgezeichnet!

Eine schicksalhafte Begegnung

Die Geschichte, die ich jetzt erzählen will, ist nicht alltäglich, doch sie könnte sich überall auf der Welt zutragen. Sie handelt von der Begegnung zweier Menschen, die sich noch nie gesehen hatten und die nur zufällig zur gleichen Zeit am gleichen Ort waren. Ihre Namen: Bärbel und Heinz.

Bärbel war seit vielen Jahren Angestellte in einer großen Werbeagentur. An einem Vormittag Anfang Oktober wurde sie wieder einmal ins Büro des Geschäftsführers gerufen, dringend, und sie wusste sofort, was das zu bedeuten hatte: Aufträge, die eine Menge Mehrarbeit mit sich brachten, Geschäftsreisen, die der Chef nicht selber machen wollte und einiges mehr. Was würde es heute sein? „Gehen Sie nur hinein", sagte die Sekretärin. Die Türe zum Büro stand bereits offen, der Chef saß mit einem Lächeln im Gesicht hinter seinem großen Schreibtisch und bat sie Platz zu nehmen. Ohne Umschweife kam er zur Sache. Er offerierte ihr, dass ihre Tage in der Frankfurter Zentrale gezählt sein würden. Bärbel zog es fast den Boden unter den Füssen weg, sie wurde kreidebleich. In Gedanken ging sie alle Vorgänge der letzten Tage und Wochen durch, sie musste einen gravierenden Fehler gemacht haben, doch wann und wo? Was habe ich nur versiebt? Hätte sie nicht gesessen, wäre Bärbel wahrscheinlich umgefallen, doch der Bürostuhl hielt sie unerbittlich fest. Sie war ihrem Chef ausgeliefert, die Welt schien über ihr zusammen zu brechen. Ihre Knie begannen zu zittern. Werde ich jetzt arbeitslos? Mit 40? Womit habe ich das verdient? „Kündigung", fragte sie zaghaft.

„Nein", antwortete ihr Chef, „im Gegenteil, ihr neues Büro in Berlin wird bald fertig sein!"

Das Herz raste noch, kleine Schweißperlen standen auf Bärbels Stirn, der Kloß in ihrem Hals raubte ihr die Stimme. Doch keine Kündigung, sondern ein neues Büro in Berlin. „Ich würde sie gerne als Leiterin unserer Berliner Niederlassung sehen, wenn der jetzige Leiter Anfang Dezember in den Ruhestand geht. Würden Sie diesen Job übernehmen?" Bärbel nickte, ohne darüber nachzudenken. Mit einem so großartigen Angebot hätte sie niemals gerechnet.

„Ich brauche eine erfahrene Büroleiterin in Berlin und Sie sind dafür bestens geeignet." Er reichte ihr einen Umschlag. „Hier ist das Flugticket, am Wochenende fliegen Sie nach Berlin, am Montag schauen Sie sich das neue Büro an. So haben Sie Zeit, sich zu entscheiden. Das Hotel haben wir schon gebucht, die Adresse liegt beim Flugticket."

Zwei Stunden später hatte Bärbel die Neuigkeit einigermaßen verdaut. Weg von Frankfurt nach Berlin, dachte sie, warum nicht? Ich bin vierzig, habe keine familiären Verpflichtungen, da bietet eine neue Aufgabe in einer anderen Stadt eine Menge Chancen. Bärbel war eine sehr clevere, geerdete Person.

Sie ging in die firmeneigene Cafeteria, bestellte sich einen doppelten Espresso und setzte sich ans Fenster, um nachzudenken. Ein ICE verließ gerade den Hauptbahnhof. Bärbels Gedanken kreisten um die Tatsache, dass sie wie dieser Zug die Stadt verlassen sollte. Nach Berlin, eine schöne Stadt. Wie oft war sie bereits dort gewesen, hatte ihre alte Tante besucht, Ausflüge in den Spreewald gemacht, war stundenlang mit der S-Bahn durch die Stadt gefahren oder zur Sommerzeit im Strandbad Wannsee schwimmen gewesen. Ich gehe nach Berlin und leite dort die neue Filiale. Damit hatte sie nicht gerechnet, die Sache begann ihr zu gefallen. Das Flugticket war auf Samstag ausgestellt, gegen 18 Uhr würde sie in Tegel ankommen. Ein ruhiges Wochenende in Berlin vor sich, am Montag darauf die Bürobesichtigung, Bärbel war sich fast sicher, wie sie sich entscheiden würde.

Heinz stand am Fenster und betrachtete die Blätter des Ahorns vor seinem Häuschen, die der Wind durch die Luft wirbelte. Der Herbst hatte begonnen, farbenfroh präsentierte sich die Natur vor seinem Haus im Schwarzwald, weit abseits des kleinen Ortes, wo er seit vielen Jahren wohnte. Kaum ein Auto fuhr hier vorbei, keine Wanderer verirrten sich in diese Gegend, nur das Zwitschern der Vögel oder das Meckern der Ziegen auf der Wiese durchbrachen regelmäßig die Stille. Als Schriftsteller war ihm diese Ruhe willkommen, ungestört und durch nichts abgelenkt konnte er seinen Gedanken freien Lauf lassen, war er doch immer auf der Suche nach neuen Ideen für seine Kriminalgeschichten, die spannungsgeladen, manchmal gruselig waren, von der ersten bis zur letzten Seite. Besonders des Nachts, bei offenem Fenster, saß er oft stundenlang am Schreibtisch und schrieb seine Gedanken nieder. Das Dunkle der Nacht, der finstere Wald, der gleich hinter seinem Haus begann, das Unbekannte das darin lauern mochte, inspirierten ihn. Nachts saß Heinz am liebsten am Schreibtisch, bis weit nach Mitternacht, manchmal bis zum Sonnenaufgang. Jetzt war es elf Uhr vormittags, und er hielt Ausschau nach dem Postboten, der wochentags stets zur gleichen Zeit auf der schmalen Straße durch den Wald zu ihm herauffuhr, bis zu einer kleinen Ausweichbucht, wo er wenden konnte. Der Wind kam heute aus Westen, er hörte das Auto, bevor er es sah. Heinz nahm seine alte braune Jacke vom Garderobenhaken und lief dem Postboten ein stückweit entgegen. Der reichte die Post durch das Fahrerfenster heraus. Heute war kein Manuskript dabei, keine Rechnung, keine Zeitung, nur ein Umschlag mit einem kleinen Katalog. Der alljährliche Reisekatalog eines Busunternehmens. Zurück im Haus wollte Heinz den ausgepackten Katalog gerade ansehen, als das Telefon klingelte. Es stand nicht auf der Ladestation und er musste es suchen. Er fand es schließlich unter dem roten Sofakissen, doch es war zu spät, aufgelegt. Er ließ sich aufs Sofa fallen, legte das Telefon auf den Couchtisch vor sich und packte den Reisekatalog aus. Studienreisen – Rundreisen – Wanderreisen – Omnibusreisen 2005 stand auf dem Umschlag.

Heinz war gern mit dem Bus unterwegs, mehrfach im Jahr fuhr er mit einem örtlichen Reiseveranstalter in aller Herren Länder, nach Prag, St. Petersburg, Budapest, fast jede europäische Metropole hatte er besucht, kaum eine Stadt ausgelassen. Rom fehlte noch, auch Berlin. Bei diesen Reisen wollte er sich neue Ideen für seine Krimis holen. Heinz hatte gerade das Inhaltsverzeichnis des Reisekataloges aufgeschlagen, da klingelte das Telefon wieder. Am anderen Ende der Leitung meldete sich nicht der erhoffte Verleger seines Buches, sondern seine Mutter. „Heinz", sagte sie mit energischer Stimme, „ich habe uns eine Reise nach Berlin gebucht, gestern kam der neue Reisekatalog, und Du wolltest doch schon immer mal dahin fahren. Ich habe uns zwei Einzelzimmer gebucht, wir fahren in drei Wochen. Und schau dass du bis dahin deine Hemden gebügelt hast und nimm Socken ohne Löcher mit. Und besorge dir endlich einen neuen Koffer und geh rechtzeitig vor der Reise noch zum Frisör und vergiss nicht, dich zu rasieren. Und…" Ja, dachte Heinz, deine Wunschliste ist lang, Mutter, ich werde sehen, was ich tun kann. Er fühlte sich hilflos, wenn seine Mutter ihn immer noch wie einen kleinen Jungen behandelte, obwohl er schon dreiundvierzig Jahre alt war. Doch ge-

gen ihre Reisebuchungen hatte er nichts einzuwenden.
Das fand er in Ordnung, brauchte er doch oft so lange
Zeit, sich für eine bestimmte Reise zu entscheiden, bis
es zu spät war.

Bärbel hatte den Koffer gepackt, in einer Stunde würde
der Flieger nach Berlin starten. Im Taxi ließ sie noch einmal die vierzehneinhalb Arbeitsjahre in der Frankfurter
Zentrale Revue passieren. Das neue Büro lag Berlin-Mitte,
bei den Hackeschen Höfen und sollte ein Neubau sein,
mit einer nüchternen Architektur. Sie war gespannt, ob
es ihr gefallen würde. Am Terminal angekommen stieg
Bärbel aus, bezahlte die Anfahrt, gab dem Taxifahrer
ein großzügiges Trinkgeld, nahm ihr Gepäck und ging
zum Check-Inn Schalter. Als die Maschine nach Berlin
abhob, dachte sie, ich fliege einem neuen spannenden,
noch unbekannten Lebensabschnitt entgegen.

Heinz stand mit seiner Mutter auf dem Busparkplatz, der
Omnibus des örtlichen Reiseveranstalters war bereits vor-
gefahren und der Chauffeur lud die Koffer ein, begrüßte
jeden Fahrgast mit seinem Namen, denn alle Fahrgäste
kannten den netten Busfahrer, selbst die Fahrgäste kannten sich alle untereinander, es war fast wie in einer großen „Reisefamilie". Er reichte seinen Koffer und den der
Mutter dem Chauffeur und stieg ein.

„Heinz, Du sitzt heute wieder auf Platz 13", sagte seine
Mutter. Fast immer saß er auf dieser Platznummer. Es
war seine Glückszahl und er wusste natürlich, dass seine

Mutter die Hand im Spiel hatte und bei der Buchung extra danach verlangte. Doch um ihr eine Freude zu machen, lachte er und sagte zu ihr: „Na so was, ist das aber ein Zufall, das muss ja Glück bringen." Heinz legte den Sicherheitsgurt an und kurz darauf begann die Reise über Nürnberg, Leipzig, und Potsdam nach Berlin.

Bärbels Flugzeug landete pünktlich am Spätnachmittag in Tegel. Bärbel nahm sich ein Taxi und zeigte dem Fahrer die Buchungsbestätigung des Hotels am Alexanderplatz. Über die Stadtautobahn ging es nur im Schritttempo, wie immer herrschte im Feierabendverkehr ein dichtes Gedränge. Sie kamen nur schleppend vorwärts, auch das Flehen des Taxifahrers nach rascher Auflösung des Staus half nichts und bald zeigte sich auch der Grund. Es war eine neue Baustelle, die zwei Spuren blockierte. Alle Fahrzeuge standen dicht an dicht, nur ein Reisebus ließ Platz zu seinem Vordermann. Diese Lücke nutzte der Taxifahrer kurzerhand aus. Laut hupend machte er auf sich aufmerksam, der Busfahrer ließ ihn gewähren. Am Spandauer Damm verließ der Taxifahrer die Autobahn, um in Richtung Zentrum zu fahren. Es dauerte noch ungefähr eine halbe Stunde, bis das Taxi endlich vor dem Hotel vorfuhr. Bärbel bezahlte die Rechnung, stieg aus, stellte ihren Koffer ab und schaute auf den Hoteleingang. Ihr Blick wanderte die Fassade empor. Wie viele Stockwerke mag dieses Hotel wohl haben, dachte sie. Zwanzig, dreißig? Bärbel zählte. Es waren sogar siebenunddreißig. Sie ging zur Drehtüre und hörte hinter sich eine Hupe. Sie drehte sich um, der Reisebus, den sie auf der Stadtautobahn schon gesehen hatte, kam vor das Hotel gefahren. Mitten auf dem Weg stand noch ihr Gepäck. Der Fahrer des Busses lächelte, als ob er ihr ansehen konnte, dass sie ein wenig zerstreut war. Sie nahm ihren roten Koffer und ging hinein ins Hotel.

Heinz hatte ein wenig geschlafen, als seine Mutter ihn aufweckte. Heinz, mein Sohn, wir sind da, wach auf, aussteigen. Der Bus bog gerade ein vor das Hotel, als der Busfahrer hupte, denn vor ihm stand ein großer roter Reisetrolley auf der Straße. Eine Frau wollte gerade zur Drehtüre hineingehen und als sie das Hupen vernahm, drehte sie sich um.

Heinz konnte einen kurzen Moment ihr Gesicht sehen. Ihr Aussehen, ihr schick frisiertes brünettes Haar, erinnerten ihn an eine Protagonistin aus seinen Büchern. Sonderbar, dachte er. Sie gefiel ihm sofort.

Der Busfahrer ging ins Hotel, um alle wichtigen Details abzuklären, Zimmernummern, die Zeit für das Abendessen, die Frühstückszeiten. Es dauerte ein paar Minuten. Doch er kam schnell zurück, verlas wie üblich die Zimmernummern, die 13 war auch dieses Mal für Heinz reserviert, er bekam die Nummer 1513. Fünfzehnter Stock, Zimmer 13, seine Mutter logierte nebenan. Die Koffer wurden ausgeladen, Heinz nahm seinen neuen Hartschalenkoffer in Empfang und ging vor seiner Mutter hinein ins Hotel. Vor dem Aufzug standen einige Gäste mit ihrem Reisegepäck, auch die brünette Frau, die seine Aufmerksamkeit auf sich gezogen hatte, war noch in der Lobby. Sie betrat vor ihm den Aufzug. Keines der Stockwerke ließ der Aufzug aus und die Fahrt schien endlos zu sein. Als der Aufzug die vierzehnte Etage erreicht hatte, verließ die Frau mit dem roten Trolley den Lift. Auf der fünfzehnten Etage stieg auch Heinz aus. Gleich gegenüber der Aufzugstüre lag sein Zimmer. Nummer 1513. Er steckte die Schlüsselkarte in den Schlitz und ging hinein. Sogar ein Doppelzimmer hatte er bekommen, ein Zimmer mit Aussicht. Wie schön ist diese Stadt, dachte er. Von oben konnte er sehen, dass große Grünflächen das triste Grau der Großstadt unterbrachen. Sein Blick schweifte in die Ferne, fast unendlich erschien ihm der Horizont. Das Licht der untergehenden Sonne über den Dächern Berlins kam ihm richtig romantisch vor. Das Zimmertelefon klingelte. „Heinz, lass uns zum Abendessen gehen", klang Mutters Stimme vom anderen Ende der Leitung.

Eine Etage tiefer als das Zimmer von Heinz lag das von Bärbel, direkt gegenüber vom Aufzug. Es hatte die Nummer 1413. Bärbel öffnete mit der Schlüsselkarte und stellte den Koffer neben den Schrank. Durch das Fenster betrachtete sie die untergehende Sonne, deren Licht sich in der Kugel des Fernsehturmes brach. Die Hackeschen Höfe waren nicht weit entfernt. Sie konnte das neue Bürogebäude sehen. Was wird mich an meinem neuen Arbeitsplatz in Berlin erwarten, dachte sie, wird mir das neue Büro gefallen?. Werde ich neue Freunde finden in dieser Stadt, freundliche Kollegen? Eine neue Liebe gar nach der Trennung von Robert vor zwei Jahren? Eine Menge Gedanken gingen Bärbel durch den Kopf, während sie über die Stadt schaute.

Bärbel hatte keinen Hunger. Sie nahm einen Apfel aus der Schale auf dem Schreibtisch, aß ihn auf und ging dann ins Badezimmer. Sie ließ heißes Wasser in die Wanne laufen und eine Stunde später schlüpfte sie unter die Bettdecke und schlief ein.

Das Abendessen war für Heinz ein echtes Erlebnis. Es gab ein Berliner Büffet für die Gruppe. Diese Auswahl an Köstlichkeiten war Heinz nicht gewöhnt. Er war letzten Monat dreiundvierzig geworden, ein ewiger Junggeselle und zuhause gab es oft nur spartanische Mahlzeiten, weil er das Einkaufen vergaß, wenn er einen neuen Roman schrieb. Hier im Hotel konnte er aussuchen, was er wollte, das gefiel ihm. Er hatte einen Bärenhunger. Seine Mutter, die in der Reisegruppe bereits Kontakte geschlossen hatte, wollte nach dem Abendessen mit einigen anderen Damen ein Konzert besuchen, welches unweit vom Hotel in einem Theater aufgeführt werden sollte. Somit konnte Heinz den Abend allein verbringen, was ihm sehr gelegen kam.

Er packte seine Schreibutensilien zusammen, steckte

den neuen Stadtplan ein und machte sich auf Richtung Zentrum. Mit der U-Bahn fuhr er bis zum Hansaplatz. Er beabsichtigte durch das Hansaviertel zu laufen, eine Gegend, in der einer seiner Cousins während des Studiums ein Appartement bewohnt hatte. Den detailreichen Schilderungen des Cousin über das Nachtleben in diesem Viertel wollte er nachgehen. Vielleicht ließe sich ja das eine oder andere davon in einer Geschichte verwenden. Die aufeinanderfolgenden S-Bahn-Bögen mit ihren schlecht beleuchteten, teils dunklen, zugemüllten Nischen inspirierten Heinz jedoch zu einer Agentengeschichte. Er betrat eine kleine Kneipe und begann aufzuschreiben, was ihm durch den Kopf ging. Er erinnerte sich an die Zeit vor der Wende, als hochdramatisch damals, auf der Glienicker Brücke bei Potsdam noch die Agenten beider Seiten ausgetauscht wurden. Er bestellte ein Berliner Bier, es schmeckte ihm ausgezeichnet. Und dann schrieb er und schrieb. Die Sätze flossen aufs Papier, das Schreiben hier an diesem Ort lief richtig gut, sein Notizblock füllte sich. Es war kurz nach zwei Uhr morgens, da unterbrach die Bedienung seinen Gedankenfluss und bat ihn um Begleichung der Rechnung, weil die Kneipe schließen wollte. Er zahlte seine drei Bier und bat um ein Taxi für die Rückfahrt ins Hotel. Als er vor der Kneipentür stand, in der frischen Nachtluft, fühlte er sich erschöpft und freute sich auf sein Bett.

Das Taxi fuhr ihn vor das Hotel und Heinz bezahlte. Er

war jetzt richtig müde, seine Augen brannten und das Denken fiel ihm schwer. Es war kurz vor drei Uhr morgens und er wollte nur noch schlafen. Heinz ging durch die Drehtüre des Hotels, holte den Aufzug herunter, drückte den Knopf für die fünfzehnte Etage und fuhr nach oben. Als der Aufzug stoppte, stieg Heinz aus. Er murmelte dem angeheiterten Pärchen, das zusteigen wollte, einen kurzen Gruß zu und ging zu der Zimmertüre, die dem Aufzug direkt gegenüber lag.

Vorsichtig hob er die Schlüsselkarte, steckte sie in den Schlitz und die Türe öffnete sich. Im Dunkeln ging er hinein, fand den Lichtschalter nicht und so zog er einfach nur das Jackett aus, ließ es achtlos neben sich auf den Boden fallen und streifte sich die Lederschuhe ab. Nur ins Bett, dachte er, hinlegen und schlafen. Die Bettdecke schien ihm entgegen zu kommen, das Kopfkissen war angenehm kühl. Innerhalb von wenigen Sekunden schlief Heinz ein.

Es war fünf Uhr morgens und Bärbel träumte. Da war eine Wiese voller Rosen, und Bärbel lief barfuss hindurch. Die Sonne schien, kein Wölkchen war am Himmel zu sehen. Sie lief leichtfüßig, fast gleitend wie ein Vogel im Wind, sie hätte ewig so weiterlaufen können, so unbeschwert, so frei durch dieses Rosenmeer unter dem tiefblauen Traumhimmel. Da spürte sie eine Berührung in ihrem Rücken. Die Berührung riss sie heraus aus dem Traum. Sie erwachte. Da war etwas. Etwas Fremdes. Atemzüge in ihrem Nacken.

Gänsehaut kroch ihr bis unters Schädeldach. Sie schlug die Augen auf, hellwach jetzt. Es war dunkel in ihrem Zimmer. Tatsächlich, sie hatte sich nicht getäuscht. In ihrem Nacken war ein regelmäßiger Atem spürbar. Sie lauschte. Angst machte sich in ihr breit. Die Angst steigerte sich zur Panik und lähmte sie. Ich bin nicht alleine, da liegt jemand in meinem Bett, gleich wird mir grausame Gewalt angetan, meine letzte Stunde hat geschlagen, fuhr es ihr durch den Kopf. Bärbel fühlte sich auf einmal wie das Opfer in den Kriminalromanen, die sie in der Freizeit so gerne las, die unglaublichsten Szenen daraus fielen ihr im Bruchteil einer Sekunde ein. Kalter Schweiß bildete sich auf ihrer Stirn. Sie konnte keinen klaren Gedanken mehr fassen, erwartete unverzüglich die zupackenden Hände des Übeltäters. Das Herz schlug ihr bis zum Hals. Doch es passierte nichts. Keine Hände um ihre Kehle, nur ein regelmäßiger, kleiner Lufthauch in ihrem Nacken, als ob jemand hinter ihr schlafen würde. Eine Falle, dachte sie. Das kann nur eine Falle sein. Wenn ich mich umdrehe, ist es um mich geschehen. Der Mörder wartet nur darauf in mein Gesicht zu sehen. Bärbel lag da, auf der rechten Körperseite, überwältigt von Panik und versuchte einen Entschluss zu fassen. Weg, nur weg. Fort aus diesem Bett, so schnell wie möglich. Doch wohin? Es war dunkel, man konnte kaum die Hand vor den Augen sehen. Ausgerechnet heute hatte sie die Vorhänge zugezogen, weil der Mond direkt auf ihr Bett schien, als sie schlafen ging. Fieberhaft dachte sie nach. Wann ist der richtige Zeitpunkt gekommen, um mich blitzschnell nach links neben das Bett zu rollen, heraus aus dem Zugriffsbereich des Killers? Bärbels Körper zitterte vor Aufregung. Jetzt, dachte sie, jetzt oder nie. Sie rollte sich blitzschnell nach links. Dabei riss sie mit viel Lärm die Nachtischlampe herunter, was ihr einen ungeheuren Schrecken einjagte. Sie fiel aus dem Bett und knallte mit der Schulter auf den Boden. Ein wilder Schmerz raste durch ihren Körper. Sie blieb liegen, bis er nachließ, in Erwartung von Händen, die sie umklammern würden wie Schraubstöcke. Doch nichts geschah. Bärbels rasender Herzschlag beruhigte sich langsam, sie lauschte in die Stille hinein. Da war nur das gleichmäßige Atmen eines Menschen zu hören. Sie hatte eindeutig zu viele Kriminalromane gelesen, denn der Panikanfall begann sie erneut zu überfluten und sie dachte: Welches Spiel treibt er mit mir, was hat er vor? Vorsichtig begann sie um das Bett herumzukriechen, leise und ganz am Boden, ohne jedes Geräusch. Eine winzige Chance zu entkommen besteht, wenn ich die Zimmertüre finde, dachte sie. Zentimeter für Zentimeter tastete sie sich im dunkeln vor, um das Fußende des Bettes herum, in die Richtung wo sie die Türe vermutete.

Ihr rechtes Knie stieß an etwas hartes. Sie betastete es. Ein Schuh mit einem Schnürsenkel. Sie kroch weiter. Noch ein Schuh. Weiter, weiter, etwas weiches war ihr im Weg.

Vorsichtig glitten ihre Finger darüber, erkannten Stoff, einen Ärmel, eine Jacke wohl. Welche Unverfrorenheit dachte sie, der Übeltäter liegt in meinem Hotelbett, mit nach Schweiß riechenden Socken, bringt mich fast um den Verstand mit seinem Verhalten und lässt sich durch nichts aus der Ruhe bringen. Was hatte er bloß vor? Bärbel kroch weiter, bis sie die Zimmertüre ertasten konnte. Zusammengesunken kauerte sie zuerst auf dem Boden, dicht an die Türe gelehnt. Ohne auch nur das kleinste Geräusch zu verursachen, drückte Bärbel sich langsam hoch, bis sie mit dem Rücken zur Türe stand. Sie versuchte leise den Türknauf zu drehen, wollte mit Schwung die Türe aufreißen, um in den rettenden Flur zu gelangen und streifte dabei mit dem Unterarm den Lichtschalter. Sofort war das ganze Zimmer hell erleuchtet und sie erkannte, wovor sie sich so gefürchtet hatte. Ein fremder Mann lag in der anderen Hälfte des Doppelbettes. Doch der, den sie für ihren potentiellen Mörder gehalten hatte, schlief ganz friedlich. Hemd und Hose trug er noch. Sein Jackett und eine Schlüsselkarte lagen mitten im Raum. Eine Waffe war nicht zu sehen. Dieser Mann, das registrierte Bärbel schnell, musste sehr tief schlafen, wenn er den Lärm der herunterfallenden Nachttischlampe nicht gehört hatte.

Bärbels Augen wanderten zum Wecker. Halb sieben, dachte sie, oh Gott, der Wecker klingelt ja gleich. Dann wird er sicher aufwachen, was mache ich dann, hier im

Nachthemd an der Zimmertüre? Kaum hatte Bärbel diesen Gedanken zu Ende gedacht, da läutete der Weckers auch schon. Der Mann im Bett bewegte sich, eine Hand tastete zu einer bestimmten Stelle auf dem Nachttisch. Doch der Wecker stand viel weiter weg. Die Hand tastete weiter. Bärbel sprang in Windeseile zum Nachttisch und machte den Wecker aus. Da packte der Fremde ihre Hand und hielt sie fest. Seine Augen öffneten sich. Blau, registrierte Bärbel. Sie versuchte ihre Hand aus seiner zu ziehen, aber er hielt sie fest. Seine Lippen öffneten sich: „Ich heiße Heinz", sagte er, „was machen sie in meinem Zimmer?" Bärbel zog mit aller Kraft ihre Hand zurück und erwiderte: „Ich bin Bärbel und sie liegen in meinem Bett!" Und das Wort ‚meinem' betonte sie ganz besonders. In diesem Moment war Heinz vollkommen wach. Er setzte sich auf und musterte die Frau, die im Nachthemd vor ihm stand.

Es war die hübsche Brünette mit dem roten Koffer. Bärbel heißt sie also, dachte er, Bärbel steht also in meinem Zimmer. Seine Augen ertasteten alle Gegenstände in der Nähe. Auf dem Tisch stand ein Schminkkoffer, Lippenstifte daneben, Nagellack davor. Heinz erschrak zutiefst. Seine Sachen waren das nicht. Warum hat sie ihre Sachen in mein Zimmer gebracht? Bärbel holte ihn prompt aus seiner Gedankenwelt heraus. „Sie liegen in meinem Bett", sagte sie, „Zimmer 1413, wie sind sie hier hereingekommen?"

„Mit meiner Schlüsselkarte", erwiderte er sofort, „sie muss hier irgendwo bei meinem Jackett liegen. Es war spät gestern." Bärbel hatte die Schlüsselkarte schon gesehen. Sie ging zum Bad, zog sich einen Bademantel über und hob dann die Schlüsselkarte auf. 1513 stand darauf. Ihre Zimmernummer war die 1413.

„Mit dieser Karte konnten sie in mein Zimmer kommen?", fragte Bärbel. Heinz nickte stumm und verließ das Bett. So standen sich beide gegenüber. „Sie sind hier in 1413", sagte Bärbel. Er musste lachen, leise. So komisch kam ihm diese Situation vor. Auch Bärbel konnte sich ein Schmunzeln nicht verkneifen, denn nun wurde ihr klar, dass Heinz sich in der Etage geirrt hatte und mit seiner Schlüsselkarte in ihr Zimmer hinein gekommen war. „Lassen Sie uns etwas versuchen", meinte Bärbel. Sie deutete auf seine Schlüsselkarte. Heinz wollte noch etwas sagen, doch Bärbel drehte sich um Richtung Badezimmer um sich anzukleiden. Heinz schaute in den Spiegel und sagte zu seinem unausgeschlafenen und unrasierten Spiegelbild: „Drei Bier, mein Lieber, sind zwei zuviel, merk dir das." Er schlüpfte in seine Schuhe und hob das Jackett auf. Kurz darauf kam Bärbel aus dem Bad und stand vor ihm. „Ein schönes Kleid" sagte Heinz verlegen. Bärbel nahm beide Schlüsselkarten und zog Heinz an der Hand aus dem Zimmer. Sie war wieder ganz die Geschäftsfrau, keine Spur mehr von Angst. Mit dem Aufzug fuhren sie eine Etage höher. Siegesssicher steckte

Bärbel ihre Schlüsselkarte mit der Nummer 1413 in den Schlitz und die Türe des Zimmers 1513 öffnete sich. Die Schlüsselkarten passten also für beide Zimmer. Heinz und Bärbel schauten sich verwundert an. Heinz zog ein frisches Hemd und eine neue Hose an und dann fuhren beide zur Rezeption ins Erdgeschoss. Der Nachtportier war noch da, er grüßte freundlich und fragte nach den Wünschen. Bärbel erzählte die Geschichte mit wenigen Worten. Erstaunt nahm der Mann die beiden Schlüsselkarten und ging damit zum Codierungscomputer. Er erschrak sichtlich, als er das Problem entdeckte. Tatsächlich konnte Heinz in Bärbels Zimmer und Bärbel in das Zimmer von Heinz, weil durch einen Codierungsfehler alle auf den Etagen untereinander liegenden Räume mit den elektronischen Schlüsselkarten geöffnet werden konnten.

Nun, wie geht die Geschichte dieser ungewöhnliche Begegnung weiter?

Heinz fuhr zurück in den Schwarzwald, Bärbel trat ihre neue Stelle in Berlin an. Doch die beiden verloren sich nie mehr aus den Augen. Heinz berührte Bärbels Herz und sie berührte seines. Sie verliebten sich ineinander. Heinz verließ sein einsames Häuschen in den Bergen, zog zu Bärbel und im Jahre 2006 haben beide geheiratet. Ich begegnete Heinz zufällig wieder, letztes Jahr, an einem Maisonntag im Wiener Cafe in den Arkaden am Potsdamer Platz.

Heinz freute sich mich zu sehen und winkte mich zu

sich. Er stellte mir seine Bärbel vor und sie erzählten mir voller Begeisterung die Geschichte ihres Kennenlernens. Als ich sie verließ, dachte ich, es gibt tatsächlich noch Märchen, auch heute. Mein Omnibus hatte hier Schicksal gespielt. Der verträumte Schriftsteller Heinz und die bodenständige Bärbel, zwei gegensätzliche Charaktere, sie waren füreinander bestimmt und sie waren glücklich.

Für den nächsten Teil unserer Reise-Etappe,
beim Fahrgast der Gurt ins Gurtschloss schnappe!

Anschnallreime

Alle Koffer sind verstaut,
das Frühstück auch schon halbverdaut,
ein jeder sitzt auf seinem Plätzchen
und hält mit seinem Nachbar Schwätzchen,
als letztes steigt der Fahrer zu,
er greift zum Mikrofon – nanu
und sagt zu uns bevor er startet,
was er gleich von uns erwartet:
„Leute tut mir den Gefallen,
es ist Pflicht sich anzuschnallen,
wir fahren auf die Autobahn.
Erst dann lass ich den Motor an."
Ein jeder greift nach seinem Gurt
und siehe da, der Motor schnurrt
wie eine zufriedene Katze.

✳

Bevor der Fahrer seinen Bus darf lenken,
der Fahrgast an den Gurt muss denken.

✳

Das Beförderungsgesetz hat einen Paragraph,
den befolgen wir jetzt alle brav.
Da steht, vom Gesetzgeber ausgedacht,
und vor Jahren schon zu Papier gebracht,
dass, bevor der Fahrer den Bus bewegt,
er dem Fahrgast etwas ans Herz(e) legt:
„Anschnallen! Das ist Pflicht geworden!
Bitte nehmen Sie den Gurt,
dann fahren wir in Richtung Norden.“

*

Die Regierung hat beschlossen
und mit viel Schampus hernach begossen:
Im Reisebus auf der Autobahn
schnalle sich jeder Fahrgast an,
am besten noch freiwillig,
denn der grandiose Gesetzesbeschluss
war schließlich (hicks) nicht ganz billig.

*

Die Türen sind zu, die Fahrt geht gleich los,
liegt ihr Sicherheitsgurt schon über dem Schoß?

*

Wie tagtäglich vor dem Starten,
können die Fahrgäste es kaum erwarten:
kommt heute ein kleiner Reim vom Chauffeur,
Chef des Kühlschrankes und Charmeur?
Hat er vielleicht in der vergangenen Nacht
ein neues Gurtgedicht für uns gemacht?
Wie wird er es wohl heute sagen,
dass jedermann den Gurt soll tragen?
Sieht er nicht am letzten Reisetag,
dass ein Gewichtsproblem uns plagt,
weil das Mini-Röllchen am unteren Bauch
sich breitgemacht wie ein Fahrradschlauch?
Dazu zwickt auch noch der Hosenbund,
man fühlt sich aufgebläht und rund.
Nur wenn wir die Luft anhalten,
wird der Wanst zurückgehalten;
der Hosenknopf fliegt nicht aufs Schnelle
von seiner zugedachten Stelle,
nach vorn als Turbo-Flugobjekt
bis er in des Vordermanns Nacken steckt.

Wie also überstehen wir die Prozedur?
Und wie geht das mit der Schnalle nur?
Wo ist die Schnalle aus Metall?
Gibt's an der Hose gleich einen Knall?
Schnell fasst man mit einer freien Hand,
die andre hält den Bauch, der spannt,

zwischen den eigenen und Nachbars Sitz,
zieht lang den Gurt Richtung Nasenspitz,
und steckt auf der anderen Seite ihn ein.
Man hat sich's gemerkt, so soll es sein.
Klick wird's machen und es ist vollbracht,
wenn jeder Fahrgast das so macht.

Ihr seht mit einem schönen Morgengedicht,
fühlt man sein Problemchen nicht.
Egal ob es gerade spannt oder kracht,
hat der Fahrer mit einem Reim euch bedacht
lasst ihr Speckrollen winzige Röllchen sein
und klickt geschwind den Sicherheitsgurt ein.

Ich wünsche einen guten Morgen,
die Sonne scheint, gleich geht es los,
die Erwartung ist schon groß,
doch eines muss ich leider sagen,
und jammern hilft nicht oder klagen,
bevor gleich das Motörle schnurrt,
klickt erst am Sitz der Sicherheitsgurt.

Fährst du mit dem Reisebus fort,
so denke auch an den Sicherheitsgurt
und vor der Auffahrt zur Autobahn
leg ihn zu deiner Sicherheit an!

✻

Im Reisebus gibt's viele Sachen,
die Reisegästen Freude machen,
Beinfreiheit sei hier genannt,
Fußstützen, Kühlschrank, altbekannt,
Leselampen und WC,
was ist denn das, was ich hier seh?
Das rote Ding mit dem kleinen Schlitz,
seitlich an jedem Fahrgastsitz,
wartet schon auf sein Gegenstück
am Sicherheitsgurt, auf das leise Klick.
Ist das erfolgt, kann die Reise starten,
auf die wir schon voll Freude warten.

✻

Bevor ich fahre noch ein kurzer Reim:
Ihr Gurt muss noch ins Gurtschloss rein!

✻

Ach waren das früher gemütliche Zeiten,
man durchfuhr die Dörfer, die Städte, die Weiten,
über Pässe und über schmale Straßen,
man hatte noch nicht begonnen zu rasen
von A nach B in der Hälfte der Zeit,
wie es heute Sitte ist weit und breit,
und wollte im Bus man mit jemandem Schwätzen,
der irgendwo saß auf den hinteren Plätzen,
lief man im fahrenden Bus zu ihm hin
und niemandem kam es in den Sinn,
damit einen Verstoß zu begehn.
Zu verreisen war unkompliziert und schön.
Die Zeiten änderten sich wie man weiß,
sie fordern Tribut und ihren Preis:
Die Regierung rief die Experten herbei,
die meinten dass Reisen gefährlich sei
in den heutigen schnelllebigen Zeiten.
Sie begannen vorzubereiten
Gesetze die besagten, es ist eindeutig Schluss
mit der früheren Freiheit im Reisebus.
Ein Gesetz, das die Reisegäste betrifft,
ist die ungeliebte Anschnallpflicht.
Also liebe Fahrgäste schnallt euch an,
damit ist der Sache genüge getan.
Nichts ist wichtiger als Sicherheit
beim Reisen in der heutigen Zeit.

Wir sitzen hier im Reisebus,
erwarten Tage voll Hochgenuss,
wollen dem Alltag entschweben
und mal so richtig leben,
doch steht davor eine Prozedur:
der Griff zur Seite - wo ist er nur
der lästige Gurt für die Sicherheit,
wir ziehen und gleich ist es soweit,
mit etwas Gefühl und ein wenig Geschick
macht's klick.

✳

Reisen bildet wie man weiß,
dafür bezahlt man einen Preis,
der schadet nicht dem Portmonee
und tut auch kein bisschen weh.
Man macht nur einmal „klick" und dann
liegt der Sicherheitsgurt schon an.

✳

Schön war es wieder im Böhmerwald.
Auch für die Rückfahrt gilt:
Bitte nur angeschnallt!

Kennt ihr den Geheimrat Goethe?
Und ahnt ihr was der heute täte,
führe er mit uns im Reisebus fort?
Er legte sich um seinen Sicherheitsgurt.
Das tun wir jetzt auch, dann fahren wir los,
denn die Reisefreude ist ja schon groß,
jetzt wünsch ich noch eine vergnügliche Zeit,
dann starten wir, unsere Reise ist weit.

*

Damit die Reise uns gelingt,
uns unterwegs kein Bußgeld winkt,
und sicher wir das Ziel erreichen,
liebe Fahrgäste setzt Zeichen:
legt jetzt den Sicherheitsgurt um
es ist Pflicht, ich bitte drum.

*

Fahren wir auf die Autobahn,
schnallen wir uns vorsichtshalber an,
nicht weil es gefährlich ist,
sondern schon seit langem Pflicht.

Bevor unser Reisebus abfahrbereit,
noch ein kleines Wörtchen zur Sicherheit:
Sich anzuschnallen ist länger schon Pflicht,
liebe Reisegäste zögert drum nicht,
und legt mit Freude den Sicherheitsgurt an
für die kommende Fahrt auf der Autobahn.

✳

„Die Sonne scheint und der Himmel lacht,
haben Sie ihren Sicherheitsgurt schon fest gemacht?

✳

Wenn fröhlich hinten der Diesel schnurrt,
denken Fahrgäste gleich an den Sicherheitsgurt.

✳

Gleich am Anfang unserer Reise,
gibt es von mir ein paar Hinweise,
einer betrifft die Anschnallpflicht,
die jeden ausnahmslos betrifft.

Vorletzte Nacht, früh gegen vier
träumte ich noch fest von ihr:
Wie schön es wäre, wenn sie hätte
ein Plätzchen neben meinem Bette.
So warm ist's wenn sie mich berührt,
wenn sie gekonnt ihr Feuer schürt.

Gestern ging sie an mir vorbei,
mir scheint ich bin ihr einerlei,
sie hat sich dann vor mir versteckt
und fürchtet wohl, sie wird entdeckt.
Abends sah kurz ich sie noch winken
und dann in dunkler See entsinken.

Sehnsucht schwellte in meiner Brust,
sie neu zu sehen, welche Lust,
ich schloss sie ein ins Nachtgebet,
Gott, mach dass sie früh vor mir steht
was wäre ihre Nähe schön,
ihr Glanz, so herrlich anzusehn.

Wer liebe Leute ist gemeint?
Ein Weib, das mir im Traum erscheint?
Niemals. Wer gibt uns Wärme, Glanz,
vertreibt die Regenwolken ganz,
lässt sehnsuchtsvoll das Herz aufgehen
und ist doch heute nicht zu sehen?

Die Sonne meine ich liebe Leute,
die schmerzlich wir vermissen heute.
Erfüllt von Sehnsucht nach ihrem Schein
schließe ich mit dem letzten Reim:
nehmt den Gurt und schnallt Euch fest,
ich erledige den Rest,
und vorbei ist es mit dem Scherzen.
Wir fahren.
Wir tragen die Sonne ja jederzeit
auf unserer Reise im Herzen.

✳

Mag es auch manchen nicht gefallen,
Ich bitte sie, sich anzuschnallen,
denn es ist schlicht
Pflicht.

✳

Ein kleines Problem ist bei mir entstanden,
fürs Anschnallen ist kein Reim mehr vorhanden.

✳

An diesem sonnigen frühen Morgen,
steig ich ein in meinen Reisebus,
heute plagen mich keine Sorgen,
nichts, was ich dringend machen muss.

Kaum hab ich im Einstieg die Stufen erklommen,
bin sicher in den Bus gekommen
und hab gefunden schnell wie ein Blitz,
den mir zugeteilten Fahrgastsitz,
da fällt mir ein, Vergesslichkeit siegt,
dass mein Geldbeutel noch im Hotelzimmer liegt.
Und auch die Schachtel mit meinen Pillen,
die brauche ich mittags um Himmels Willen.

Ich spring raus aus dem Bus, die Stufen hinunter,
der Schreck macht mich so richtig munter.
Schnell hinein ins Hotel, zum Aufzug, oh je,
mich erschüttert sehr was ich da seh.

Gedränge vor der Aufzugstür,
für meine Eile hat niemand Gespür,
ich denke: läuft schon der Busmotor?
Vielleicht fährt der Bus schon zur Ausfahrt vor?
Bis ich oben bin auf Etage zehn,
werd ich wohl nur noch die Rücklichter sehn?
Und bis ich meine Sachen eingesteckt,
Ist er dann vielleicht endgültig weg?

Endlos verrinnen die Minuten
Das nervt, ich muss mich wirklich sputen,
da kommt der Aufzug, ich will hinein,
die Leute drängeln, ich komm nicht mehr rein.

Der kalte Schweiß steht auf meiner Stirn,
die Gedanken rasen durch mein Gehirn.
Ich muss sofort das Treppenhaus suchen
und den Aufstieg halt zu Fuß versuchen.

Geschafft, nach zweihundert Treppenstufen!
Jetzt muss ich im Zimmer Verschiedenes suchen.
Das Portemonnaie und die Pillendose
stecke ich schnell in meine Hose.

Eilig schließe ich die Hotelzimmertür,
denk, mein Gott, warum mach ich das und wofür?
Haste schnell zum Aufzug um zwei Ecken,
und was ich nun seh, lässt zutiefst mich erschrecken!

Denn dort steht, wie ich zusammenzucke,
ein Ehepaar aus meiner Reisegruppe.
Fröhlich grüßen sie mit „Guten Morgen"
und fragen mich nach meinen Sorgen.

Schnell hab ich erzählt was gerade geschehen,
Sie fragen: haben sie auf die Uhr gesehen?

Das mach ich, ich staune, sie zeigt mir die Zeit:
bis zur Abfahrt des Busses ist es noch weit.
So dass ich mir eingestehen muss,
ich stieg vorhin wohl in den falschen Bus!

Ein Geräusch, es fährt mir durch Mark und Bein,
was soll das nun schon wieder sein?
Ich erwache und merke, mitnichten,
das war eine von meinen Traumgeschichten!
Ich schaue auf den Hof hinab,
und dieser Blick bringt mich voll in Trab.

Denn vor dem Hotel steht unser Reisebus,
so merke ich, was ich jetzt merken muss,
verschlafen hab ich, das wird es sein!
Die Fahrgäste steigen grad fröhlich ein.

Ich sehe den Fahrer noch am Mikrofon,
er sagt den Gästen, ach Sie wissen schon,
die Sache mit dem Sicherheitsgurt,
weil hinten wohl schon der Motor schnurrt.

Die Bustüren schließen sich, das ist echt schad'
ohne mich fährt der Bus nach Marienbad!
Ach was soll's, sage ich dann zu mir leise,
dann besuche ich diese Stadt halt bei der nächsten Reise!

Die engste und angenehmste Beziehung
hat der Fahrgast unterwegs
zu seinem Sicherheitsgurt.
Er lässt Freiraum,
gibt Nähe
und ist immer da,
wenn man ihn braucht!

Liebeserklärung an meinen SETRA Omnibus

Deine Augen strahlen Diamanten gleich,
jede Rundung ist so zart, so weich,
sanft streichle ich über Deine glatte Haut,
in Neu Ulm wirst Du für uns gebaut.
Wie schön ist doch Dein Angesicht,
das vergisst der Fahrgast nicht.
Damit fahren mit Dir Freude macht,
hat man mit Sorgfalt Dich erdacht.
Dein Dieselherz schlägt ruhig im Heck,
alles an Dir erfüllt seinen Zweck:
Kein Anderer kommt Dir zu nah dank ART,
in scharfen Kurven hilft uns Dein ESP.
Hinab ins Tal wirst Du nie zu schnell,
denn Du hast einen Retarder mit DBL.
Wirst scharf Du gebremst, entsteht kein Stress,
denn Du verzögerst mit ABS.
Im Vorbau jetzt eine FCG Sicherheitsstruktur,
so entsteht mit Dir Fahrspaß pur.
Und heißt Powershift Dein Busgetriebe,
entsteht zu Dir eine lange Liebe.
Wie schön, dass es den Setra gibt,
in den ist als Fahrer man schnell verliebt.